Verliebt in Großenbrode

der

Das Träumen in mir

Marlis E. Hornig

Verliebt in Großenbrode
oder
Das Träumen in mir
Ein Ostsee-Roman

Namen, Personen und Handlung sind frei erfunden. Großenbrode, das wunderschöne Ostseebad, den herrlichen, weiten Südstrand mit der Seebrücke weit ins Meer ragend, die lange Strandpromenade mit dem freien Blick auf die endlos scheinende See und den lieblichen Yachthafen mit weißen Segeln und bunten Booten gibt es wirklich.

Bibliografische Information der Deutschen Nationalbibliothek:
Die Deutsche Nationalbibliothek verzeichnet diese Publikation in der Deutschen Nationalbibliografie;
detaillierte bibliografische Daten sind im Internet über http://dnb.dnb.de abrufbar.

Weitere Fotos und Infos:
www.ostsee-loft-wolkenlos-wolke7.beepworld.de
www.skipperasterix.beepworld.de
Autorenwebseite:
www.marlishornig.beepworld.de

Herstellung und Verlag: BoD – Books on Demand, Norderstedt

*ISBN: 978-3-**7322-5724-9**

Prolog

Ich schreibe dieses Buch, um in Gedanken in Großenbrode sein zu können. In Wirklichkeit kann ich es leider zur Zeit nicht, da mein Mann schwer erkrankt ist und wir nicht an die geliebte Ostsee fahren können.

So kann ich in meiner Phantasie die Wege nachgehen und die wunderschönen Momente nachfühlen, die wir an unseren Lieblingsplätzen verbracht haben.

Sicher gibt es ein Wiedersehen...
Wieder einmal auf der Strandpromenade in Großenbrode entlanggehen. Wir beide mit unserem Parson Russell Terrier Asterix.
Salz in der Luft spüren – die Weite des Meeres genießen – Wind in den Haaren – Sonne auf der Haut!

Das ist unser Ziel!

Wir kämpfen!

Marlis und Kalle Hornig

Für meinen Mann

Ich weiß nicht,
wie lange wir an unserem
Lieblingsplatz an der Ostsee, dem
baltischen Meer,
gesessen und geträumt haben.
Ich weiß nur, dass es einen
Lieblingsplatz gibt, nach dem wir
uns sehnen...

Manchmal ist es schöner,

eine Liebe zu träumen,

als sie zu leben.

MITWIRKENDE

DIE FRAUEN:

Luisa Lindholm: Diplom-Dolmetscherin/Übersetzerin
allein und einsam
unendlich traurig und melancholisch
41 Jahre
Auf der Suche nach der verlorenen Zeit

Marie Fleur: Tochter von Luisa
13 Jahre jung,
Schülerin
neugierig und temperamentvoll

Ariana Lacoste: Frau von Louis Lacoste
Radiomoderatorin

Eva-Lotte Vogel: Ornitologin

DIE MÄNNER:

Louis Lacoste: Wieder allein, im besten Mannesalter,
Meeresbiologe

Ole Johannson: Junger Mann
Surfer und Weltenbummler
- liebt seine Unabhängigkeit
genießt seine Freiheit

Wolf von Dostojewski: - will seine Freiheit
- verhängnisvolle Liebe von Luisa
- Reisejournalist

Jean-Marc: Louis' Sohn, 11 Jahre jung
- steckt voller Ideen
- möchte einmal Erfinder werden!
Oder Klimaaktivist

DIE TIERE:

Emma, genannt Emmi: Luisas Parson Russell Terrier-Hündin

Robin Crusoe: Louis' Hund, weiß mit braunen Punkten

Audrey Hepburn: Ein braunes Pferd

Schneewittchen: Ein weißes Pferd

Kapitel I

Am Strand des Lebens

Du bist zeitlebens für das verantwortlich, was du dir vertraut gemacht hast.

Der kleine Prinz von Antoine de Saint-Exupéry

Es war eine jener Nächte, in denen es im Norden nie ganz dunkel wird. Eine jener endlos langen Nächte, die bisweilen ein dunkles Geheimnis bergen.

Einsam und allein lief sie barfuß am Strand entlang. Ihr langes dunkelblondes Haar mit blonden Strähnchen, welche die Sonne gemalt zu haben schien, wehte im leichten Abendwind. Sie trug einen rosa Rock und ein weißes Shirt. Über ihrer Schulter hing ein winziges Täschchen ebenfalls in Rosé. Sie lief und lief immer schneller. Plötzlich hörte sie von der Ferne leise Musik, die beim Näherkommen lauter wurde...

„Voyage, voyage...", ganz zart von einer jungen Frau gesungen. Die Frau im rosa Rock hielt inne. Dieses Chanson erinnerte sie an ein Erlebnis aus der Vergangenheit... Damals war sie gerade 18 Jahre geworden, frisch gebackene Abiturientin und hatte sich verliebt. In einen charmanten Franzosen. „Wenn ich mich doch wieder einmal verlieben könnte...", dachte sie so bei sich.

Wieder Schmetterlinge im Bauch haben. Wieder Flugzeuge spüren. Wieder nur an einen denken...

Doch ihr wahres Leben sah anders aus – ganz anders. Alles war so traurig..., so melancholisch, so triste - „Bonjour Tristesse".

Wie schön diese Klänge dort in der Ferne. „Voyage, voyage..."

Dort in der Ferne entdeckte sie – nennen wir sie „Lucia" - viele Menschen. Junge und Alte! Kleine und Große! Auffallend war, dass sie alle in Weiß gekleidet waren. Viele tanzten, andere standen an einem langen Buffet, ebenfalls auf einer weißen Tischdecke angerichtet.

Dann ganz plötzlich kam ein Mann auf sie zu - nicht in weiß gekleidet wie die anderen. Sondern in Dunkelblau wie die Nacht.

Er sah aus wie Richard Gere.

Ohne ein Wort zu sagen, tanzten sie eine Nacht lang, die ja wie ein ewiger Abend anmutete: MITTSOMMERNACHT!

Sie sahen sich tief in die Augen und verloren sich ineinander.

Es war, als wäre die Zeit stehen geblieben.

Jede Liebe ist anders.

Diese Liebe war etwas ganz Besonderes.

Am Strand lagen sie und liebten sich, das Meerwasser überspülte sie. Er spürte ihren ganz besonderen Duft. Duft von Lavendel. Wie **Romeo und Julia** konnten sie nicht zusammenkommen…

? ? ?

Ankommen – Wohlfühlen

Luisa und Marie Fleur, die neuen Gäste aus Bonn, stürmen mit ihrer Hündin Emma, genannt Emmi, einem wilden, verspielten Parson Russell Mädel, in ihre Ferienwohnung *Wolkenlos-Wolke 7* in Großenbrode. Luisa schaut als erstes in die Küche und entdeckt sofort die schwarze Kaffeemaschine.

„Da mache ich mir erst mal einen Kaffee, und du, Marie Fleur, bekommst einen leckeren Orangensaft. Dann setzen wir uns auf die Sesselecke und genießen das schöne Ambiente. Das blaue Sofa finde ich einfach toll!"
„Mami, weißt du, was ich besonders super finde? Das sind die Pferde auf der weiten Wiese vor dem großen Fenster. Ich mag Pferde, das weißt du ja! Hunde, Eichhörnchen und Pferde!", freut sich Marie, Luisas aufgeweckte Tochter. „Aber Pferde, die ein schönes Leben haben!"

Es ist Anfang Juli im Jahre 2019. Luisa braucht eine Auszeit vom Alltag, und Marie Fleur freut sich auf die Ferien!
Neugierig, wie Marie nun einmal ist, schaut sie sich zunächst im Domizil *Wolkenlos Wolke 7* um. „Alles sieht so modern aus und ist total passend, liebevoll zusammengestellt und gepflegt. Selbst die niedliche weiß-blaue Zuckerdose wurde mit Geschmack ausgewählt!" – Das ist ihr Kommentar. Und dann schaut sie sich die beiden Schlafzimmer an und meint: „Ich schlafe unter dem Foto mit dem lustigen Parson Russell Terrier, der gespannt das Meer betrachtet!"

Ihre eigene Parson Russell Hündin Emmi findet spontan ihren Platz in ihrem mitgebrachten rosa Korb, den Marie neben den Kaminofen stellt. „Da hat sie es warm, wenn es einmal kalt ist...!"
Verträumt schauen beide auf die weite Wiese, und plötzlich springt Luisa auf und fragt ihre Tochter:

Erster Spaziergang auf der Strandpromenade

„Was machen wir heute noch? Der Nachmittag hat ja gerade erst angefangen. Mein Vorschlag: Wir gehen erst einmal ans Meer. Salzluft einatmen und schauen, was auf der Promenade los ist! Was meinst du, Töchterchen?"
„Ich bin dabei! Aber sag' nicht immer 'Töchterchen'. Ich bin doch schon groß! Kein kleines Baby mehr!"
Und schon zieht Marie ihre leichte rosa Steppjacke an, blaue Jeans, die am unteren Rand mit Stickerei verziert und ausgefranst ist, und die passenden rosa Sneaker, schnappt sich Emmi und läuft wie ein junges Fohlen die Treppe hinunter zum Ausgang aus der Strandvilla *Wolkenlos*, die weiß angestrichen ist und oben Hellblau leuchtet wie der Himmel. Bei uns nennt man diese Häuser Kaffeemühlenhäuser, weil sie mit ihrem kapuzenartigen Dach so aussehen wie eine Kaffeemühle.

Mutter und Tochter und Hund stürmen in Richtung Strand, angezogen von der frischen Ostseeluft. Herrlich diese lange Promenade, die den Blick auf die weite Ostsee freilässt. Das ist nicht immer bei allen Ostseebädern so: oft säumen Sträucher und Bäume den Strand, die bisweilen den Blick auf das Meer verdecken. Die Promenade führt die drei auf den großen Platz, wo sich das lebhafte Treiben in Großenbrode abspielt. Luisa, als Dolmetscherin für Französich, würde sagen: „La Grande Place".

Und dann – es wird immer toller – entdecken die beiden Damen die Seebrücke – eine lange Brücke in die Ostsee ragend. Wie auf einem Schiff kann man sich fühlen, wenn man nur in Richtung Meer schaut! Auf der rechten Seite vor der Seebrücke entdeckt Marie einen Abenteuerspielplatz mit Häusern, Schiffen, Burgen und vielem mehr. „Supi!", würde sie sagen, aber jetzt ist sie eher auf dem Trip Richtung Girli. Da klettert man nicht mehr auf Spielplätzen herum. Oder doch? Da blättert man heimlich unter der Bettdecke in der *Bravo*.

Weiter geht's in Richtung Yachthafen. Kurz vor dem imposanten weißen Haus entdeckt Marie Fleur am Strand am Wasserrand zwei, drei Surfer...

„Mami, Mami, ich möchte auch surfen auf diesen bunten Brettern. Da steht sogar ein rosa Brett. Das wäre was für mich! Kann man hier surfen lernen?"

Und schon entdeckt Luisa eine buntes Schild mit der Aufschrift:

„Surfschule Sail Away Großenbrode"

Dann Wow: Was für ein cooler Typ. Er sieht aus wie David Garrit mit" seinem im Winde wehenden Pferdeschwanz. Braun gebrannt, groß, schlank, die Muskeln an der richtigen Stelle und ...das Lächeln erst! Es haut Luisa um! Der richtige Typ für einen heißen Flirt! Flirten möchte sie ja. Auch für ein wildes Abenteuer ist sie offen. Nur eine ernste Beziehung möchte sie nicht haben. Dafür tut ihr Herz noch zu weh. Nach all dem, was passiert ist...

„Moin, moin, liebe Damen", begrüßt der junge Surflehrer total freundlich die beiden Damen.

„Kann ich hier surfen lernen?", fragt Marie Fleur spontan. „Das möchte ich so gerne!"

„Ja, natürlich. Wann möchtest du denn anfangen? Morgen Nachmittag beginnt ein Anfängerkurs. Ich weiß nicht, ob da noch ein Platz frei ist."

„Da bin ich dabei!", freut sich das Mädchen aus Bonn.

„Mein Name ist Ole Johannson", stellt sich der Surflehrer vor.

„Schauen wir mal in unserem Logbuch nach, ob da noch ein Platz frei ist. Ja, ausnahmsweise, wenn..."

„Was meinst du denn damit?", fragt Luisa gespannt.

„Das ist nämlich so: Um uns ein wenig kennenzulernen, wäre es schön, wenn wir zusammen eine Fanta oder ein Bier trinken. Hier im Restaurant am Hafen namens MORGENSTERN. Was meint ihr? Heute Abend um 20.00 Uhr?"

Die beiden Damen schauen sich fragend an:
„Überredet. Wir kommen."

Marie Fleur ist begeistert!
Surfen — das bedeutet, die Seele baumeln lassen, den Alltag vergessen, insbesondere den Schulalltag, die 50 Englisch-Vokabeln, die sie jede Woche lernen muss, und vieles mehr.
Das wird ein gemütlicher Abend. Am Nebentisch sitzen andere Surf-Schüler und genießen Pizza und Limonade. Sie bitten Marie Fleur an ihren Tisch. Lachen – Erzählen – Freude: das ist die Stimmung am Surfer-Tisch, und Marie fühlt sich pudelwohl. Das ist genau ihre Welt...

Mit einem charmanten Lächeln versucht Ole die Mutter zu becircen:
„Sonntag habe ich frei. Gern würde ich euch die Insel Fehmarn, meine Heimat, zeigen. Wir können bequem mit dem Bus über die Fehmarnsundbrücke fahren fast bis in den Ort Burg hinein. Der Blick bei der Hinfahrt auf die Insel ist faszinierend und die Rückfahrt nach Großenbrode bei Sonnenuntergang ist einmalig. Luisa fühlt sich ein wenig überrumpelt, aber Ole ist so überzeugend, dass Luisa mit einem „Vielleicht" antwortet und ebenfalls einem Lächeln, das aber eher verhalten ist...

„Bist du in einer Beziehung?", fragt Luisa neugierig.
„Nein, ich bin frei wie ein Vogel. Ich kann dorthin fliegen, wohin ich möchte... Warum fragst du?"
„Weil ich nie in eine bestehende Beziehung eindringen möchte. Ich habe es selbst erlebt, wie eine andere Frau das bei meinem damaligen Verlobten und mir getan hat. Doch das rächt sich! Meistens bleiben diese so entstandenen neuen Paare nicht für immer zusammen.

Das ist sogar statistisch erwiesen.

So eine neue Beziehung, aufgebaut auf dem Unglück einer anderen, ist meist nicht nachhaltig! Und ein Mann, der leichtfertig eine Verbindung aufgibt, wird das auch bei nächster Gelegenheit wieder tun."

Ole entgegnet prompt:

„ So frage ich dich denn auch: Bist du verheiratet oder fest liiert?"

„Nein! Auch ich lebe in keiner festen Beziehung!"

Dann ist ja alles geklärt.

Ein merkwürdiger Anfang.

Der Junge von gegenüber

Am nächsten Morgen sitzen Mutter und Tochter gemütlich am Frühstückstisch und beobachten ein weißes Pferd auf der Wiese gegenüber. Eine wunderschöne Stute! Was tut sie? Sie frühstückt auch und genießt das frische Gras. Da auf einmal meint Marie: „Wie ist das denn süß!" Was meint sie wohl?, denkt Luisa. Und da entdeckt sie im Zimmer gegenüber einen Hund am Fenster. Einen Parson Russell in Weiß mit schwarzen Flecken und einem hübschen Gesicht in Tricolor: Weiß – Schwarz – braun. Genau der Typ Hund, den Emmi, ihre eigene Parson Russell Hündin, so besonders mag!

Und neben dem kleinen Hund steht ein Junge, der den Hund streichelt. „Der ist auch süß!", meint Marie Fleur mit einem Augenzwinkern. Schon packt sie sich Emmi, bindet ihr das neue pinkfarbene Halsband von Karl Lagerfeld um den schönen Hals, schnappt die passende pinky Leine und verlässt die Wohnung mit einem lauten „Tschüss, tschüssi!" Luisa ist überrumpelt. Marie Fleur läuft mit Hündin Emmi, so schnell sie kann, dem hübschen Jungen hinterher. Mit dem lustigen dunkelblauen Käppi auf seinem dunkelblonden Haarschopf sieht er aus wie ein Seemann.

„Wie heißt du, und wie heißt dein toller Hund?", fragt das Mädchen spontan den Jungen.

„Unser Hund heißt Robin. Ich heiße Jean-Marc. = Je m'appelle Jean-Marc und komme aus Frankreich." Dabei spricht er das Wort 'Frankreich' mit einem Nasallaut aus. Marie Fleur ist hin und weg, zumal sie seit einem Jahr Französisch im Gymnasium lernt. Ihr Traumziel ist Paris. Einmal an der Seine spazieren gehen und auf den Champs Elysées flanieren – das ist ihr größter Traum. „Kommst Du aus Paris?", fragt sie neugierig.

„Non, non, nein, aus Kiel!.“

„Ach so!“, so die einsilbige Antwort des Mädchens. Man sieht förmlich, wie bei diesen Worten das Kinn von Marie Fleur herunter sackt. Nun trifft sie schon mal einen jungen Franzosen, den sie süß findet, und dann ist er aus Kiel!
„Bist du zum ersten Mal in Großenbrode? Ich habe dich nämlich hier noch nicht gesehen. Wo kommst du her?“, fragt Jean-Marc neugierig.
„Aus Bonn am Rhein und ja, wir sind zum ersten Mal in Großenbrode“, entgegnet Marie Fleur. Und fährt fort :
„Je m'appelle Marie Fleur“.
„C'est un joli nom“ = Das ist ein süßer Name! , meint Jean-Marc.

Eine andere Frage: Am Dienstag findet die Begrüßung der neuen Feriengäste auf der großen Bühne auf dem großen Platz = Grande Place statt! Kommst du auch? Ich finde es toll, wenn du und deine Mutter und natürlich Euer niedliches Parson Russell Mädel auch kommt. Mein Papa, unser Hund Robinson Crusoe und ich, wir sind auf jeden Fall dabei!“
Bei diesen Worten zieht der junge Franzose verschmitzt seine blaue Schirmmütze auf die linke Seite mit einem total frechen Lächeln.
„Vielleicht sehen wir uns ja!“, entgegnet Marie Fleur vielversprechend und schiebt dabei ihren kleinen witzigen rosa Strohhut ebenfalls auf die linke Seite.

„Jean-Marc, warum willst du unbedingt, dass ich meine Mama mitbringe?“
„Ich finde sie sympathisch, obwohl ich sie bisher nur von unserem Fenster im Erker aus gesehen habe. Aber den wirklichen Grund verrate ich dir später vielleicht einmal...!“
Die beiden jungen Leute laufen mit ihren Hunden auf der Strandpromenade entlang in Richtung Seebücke. Dort sitzt, wie jeden Tag, die Strandmöve am Anfang des Seebrückenrandes und gurrt ihr Willkommenslied.   18

„Weißt du, Marie Fleur, wie die Möwe heißt?", fragt Jean-Marc neugierig.

„Nein, wir sind doch erst wenige Stunden in Großenbrode!", antwortet das Mädchen mit einem Flunkern in den Augen.

„Sie heißt... Den Namen verrate ich dir gleich..." −

Er lächelt verschmitzt:

„Stell dir vor. Was für ein besonderer Zufall: Wie deine Hündin, so heißt auch die berühmte Möwe in Großenbrode, nämlich 'Emma'. Am liebsten sitzt sie am Anfang der Seebrücke auf der ersten Holzplanke ganz nah am Meer. Und wenn du genau hinhörst, sagt sie freundlich 'Moin, moin'! Ist das nicht süß?", so die Ausführungen von Jean-Marc.

„Ja, super! Formidable!"

Schweigend setzen beide ihren Weg auf der Promenade entlang fort. Nachdenklich.

Da ruft der junge Franzose: „Mein Vater freut sich jedes Mal, wenn er die Möwe entdeckt. Sie reißt ihn aus seiner Traurigkeit. Traurigkeit, die ihn plötzlich befällt wie ein Orkan. Dann schaut er auf das Meer, das endlose Meer … und scheint nicht auf dieser Welt zu sein."

„Woran merkst du, dass dein Vater bisweilen traurig ist?"

„Er spricht mit den Fischen, weil er niemanden zum Reden hat – außer mir. Weil er keine Frau hat, mit der er sich unterhalten kann. Mit der er lachen und weinen kann, fröhlich und ernst sein kann!"

„Ja, meine Mami ist oft auch sehr traurig, fast melancholisch. Dann spricht sie mit unserem Hund Emma. Warum mit den Fischen? Habt ihr ein Aquarium?"

„Ja, auch. Aber mein Vater spricht mit den Fischen, weil er Meeresbiologe ist und alles Gute für die Fische tun möchte! Für unsere Umwelt insgesamt! Er möchte die Meere vor dem Untergang retten und viele Fischarten vor dem Aussterben! - Was tust du eigentlich für den Schutz unserer Umwelt?"

„Ich denke viel, aber das ist nie genug", kontert Marie.

Da passen meine Mutter und dein Vater gut zusammen. Denn meine Mutter ist Umweltschützerin. Deswegen sind wir ja auch mit der Bahn von Bonn nach Großenbrode gefahren! Ich liebe Bahnfahren! Und ich gehe mit einem großen Korb zum Markt, damit nicht unnötige Plastiktüten unsere Welt kaputt machen und damit durch die Verwendung von Papiertüten nicht so viele Bäume in unseren Wäldern gefällt werden müssen. Und wir sind Mitglied im BUND und spenden ab und zu einen gewissen Betrag dem NABU. Du siehst, wir passen gut zueinander – so als Umweltschützer! Früher waren meine Eltern längere Zeit Mitglieder der *Grünen*."

Flaschenpost

„Du, ich habe eine Idee!", meint da plötzlich Jean-Marc. „Wir bereiten jeder eine Flaschenpost vor mit einem ansprechenden Text, und die beiden Flaschen werfen wir dann in die Ostsee. Vielleicht finden unsere Eltern, das heißt, mein Vater und deine Mutter ja die Flaschen irgendwo am Strand! Vielleicht finden sie dann irgendwie, irgendwann, irgendwo zueinander." „Super Idee!", freut sich Marie Fleur mit ihrem typischen verschmitzten Lächeln.
Beide Kinder freuen sich wie Schneekönige über ihre tolle Doppel-Idee und laufen Hand in Hand zum Spielplatz voller Tatendrang.

Gästebegrüßungsabend

Irgendwann ist es dann soweit. Der Gästebegrüßungsabend naht. Jean-Marc kann es kaum abwarten. Wie wird sein Vater die Mutter von Marie Fleur begrüßen? Wird er sie sympathisch finden? Und umgekehrt. Wie wird die Mutter seiner neuen Strandfreundin bei der ersten Begegnung reagieren?

Ein Hund bellt – eine Möwe kreischt. Ein lauer Sommerabend. Luisa möchte noch einen kleinen Spaziergang mit Hündin Emma unternehmen, bevor sie, wie verabredet, mit ihrer Tochter zum Begrüßungsabend auf dem großen Platz geht. Seit dem schrecklichen Ereignis braucht sie ganz besonders diese Momente des Innehaltens. Um nachzudenken, um ganz für sich oder bei sich zu sein. Da entdeckt sie direkt am Meer eine Natur belassene Stelle mit zwei Bänken. Sie freut sich, dass die Bänke leer sind und sie so ganz alleine sein kann. Sie setzt sich auf die rechte Bank und Emma setzt sich brav neben ihre Füße. Beide schauen aufs Meer, auf die kleine Mole rechts neben ihnen, wo eine Möwe sich niedergelassen hat. Was mag so eine kleine Möwe wohl empfinden, insbesondere, wenn sie kreischt? Was will sie uns sagen? So in dem Sinne:

„Bitte geht pfleglich mit der Natur um! Wir haben doch nur diese eine Welt."

Während Luisa auf der Bank sitzt, die Möwe betrachtet und ihren Gedanken nachhängt, nähert sich ein gut aussehender Mann, etwa Anfang vierzig, der Stelle mit den beiden Bänken. Neben ihm ein Parson Russell Terrier, tricolor, mit einem hübschen, ausdrucksvollen, Gesicht, auf dem Körper zwei Abzeichen, von denen das eine die Form eines Herzens hat. Der kleine Hund will direkt auf Hündin Emma zustürmen.

„Assis Robin, calme toi, reste assis!" = „Sitz Robin, bleib ruhig, sitz und bleib!", ruft der Mann. Luisa denkt: 'Er spricht Französisch. Akzentfrei. Ist er Franzose?'

Vorsichtig und behutsam schleicht sich der große schlanke Herr in die Richtung von Luisa und Emma. Er betrachtet die Dame von der Seite und bemerkt: „Das sieht aus, als sei es Ihr Lieblingsplatz. Ist das so?"

„Es ist vor einigen Minuten mein Lieblingsplatz geworden. Wir sind noch nicht lange in Großenbrode..."

„Merkwürdig, es ist auch mein Lieblingsplatz! Ich kenne Sie – irgendwo her. Ich weiß noch nicht, woher..."
„Das ist ja wohl die übliche banale Anmache!", entgegnet Luisa mit einem Lachen.
„Das ist wahr! Es ist schon mehrere Jahre her. Es wird mir schon noch einfallen, wann und wo wir uns begegnet sind. Haben Sie Lust auf ein Baguette? Avec du beurre et du fromage? = Mit Butter und Käse? Und auf ein Glas Französischen Rotwein?"
„Ist das alles in Ihrem grünen Rucksack?", fragt Luisa neugierig.
„Oui, oui, chère Madame!", betont der Franzose, „on va faire un petit picnic, n'est-ce pas? Ici au bord de la mer = wir machen ein kleines Picknick, nicht wahr? Direkt am Meer. Was meinen Sie?" Seinem Charme erlegen, antwortet Luisa: „Gerne!"

Und schon öffnet der Unbekannte seinen grünen Rucksack, holt eine rot-weiß karierte Stoffserviette, zwei Teller aus Porzellan!, zwei Weingläser, zwei Messer, Butter, Camembert, Tomaten und Oliven sowie blaue Weintrauben und eine halbe Flasche Rotwein Merlot aus dem geheimnisvollen Sack und deckt den Tisch am kleinen Strand.
Die beiden unterhalten sich angeregt, und es ist, als würden sie sich schon lange kennen. Luisa findet das spontane Picknick toll. Die Frau und der Mann lachen viel und umarmen sich zum Abschied. Denn sie wissen nicht, ob und wann sie sich wiedersehen...

Für Luisa steht der Gästebegrüßungsabend auf dem Programm.

Als sie in der Ferienwohnung ankommt, wartet ihre Tochter schon etwas angespannt auf sie.

„Mami, lass uns direkt zum großen Platz am Südstrand und zur Schaubühne gehen. Da ist Disco, der allwöchentliche Begrüßungsabend für die Feriengäste! Und wir sind doch neue Gäste!"

„Kann ich so gehen?, fragt Luisa neugierig.

„Ja, natürlich! Deine Boyfriend-Hose in Misty Rose und das passende Shirt mit Spitzeneinsatz am Hals, ebenfalls in Altrosa, stehen Dir sehr gut!"

So ziehen die beiden los in Richtung Südstrand. Marie Fleur freut sich, ihren Strandfreund wiederzusehen, und ist gespannt auf seinen Vater, den Franzosen. Wie wird er wohl ihre Mutter finden?

Von weitem hören sie schon die Musik. Lachen, Reden, Tanzen: das alles sieht nach großem Spaß aus. Moderne Musik – spanische Lieder an der Ostsee – viele Leute tanzen – jung und alt – selbst ein kleiner Knirps, der kaum stehen kann, fängt an zu tanzen.

Das ist ein Fest für die ganze Familie!

Jean-Marc und Marie Fleur sind überrascht, als sie entdecken, wie sein Vater und ihre Mutter miteinander tanzen. Erst ganz wild einen Rock 'n Roll, dann einen Tango und schließlich einen langsamen Blues. Fast innig... Dann zum Lied „Vamos a la Playa..."

„Kennen die beiden sich schon, oder ist es Liebe auf den ersten Blick?", fragt Jean-Marc leise.

Marie Fleur entgegnet: „Das sieht fast so aus..."

Der wunderschöne Abend vergeht, wie alles im Leben vergeht. Die schönen Momente wie auch die traurigen Momente.

Was bleibt, ist nur die Erinnerung...   23

Friday for Future

Merkwürdig ist, dass insbesondere die Kinder und Jugendlichen erkannt haben, dass es 5 vor 12 Uhr ist, was den Klimawandel betrifft. So erkärt sich die Bewegung der Schüler überall in Europa *Friday dor Future,* die ihren Ursprung in Schweden genommen hat. Ein 16 jähriges Mädchen namens Greta hat auf einer großen Klimakonferenz in Paris die Zuhörer mit ihren Worten wachgerüttelt.

---- „Eines der großen Umwelt-Themen ist jetzt und immer: Die Verseuchung der Umwelt und insbesondere der Meere durch Plastikmüll. **Besonders die Masse an Plastikmüll, die in Meere und Ozeane gelangt, wird zu einer Bedrohung für Seevögel und Meeressäuger. So gelangen z.B. jedes Jahr rund 10 Millionen Tonnen an Plastikmüll weltweit über die Flüsse oder von Schiffen aus in die Meere. Das ist ein vollbeladener Müllwagen in jeder Minute!"**
(Auszüge aus einem Dokument des **BUND zum Thema Plastikabfall vom 20. September 2018**)

Auch Marie Fleur und Jean-Marc sind von der grausamen Situation sehr betroffen:

„Stell Dir vor, Marie Fleur, so ist ein kleiner Basstölpel auf Helgoland, der einzigen deutschen Hochseeinsel, immer wieder Opfer dieses Müll-Wahnsinns. Statt Tang und Algen fischen Basstölpel, wie auch Trottellumme, Tordalk oder Sturmvogel, für ihren Nestbau immer öfter Seile und Netzstücke aus dem Wasser. Jedes Jahr verenden Elterntiere wie auch Küken, weil sie sich in den Schlingen verheddern und nach einem langen Kampf schließlich qualvoll verenden.

„Stell dir vor, Marie Fleur, die süße Möwe Emma würde an Plastikmüll sterben. Grausam! Quelle horreur!

„Stell dir vor, deine Hündin Emma und mein Hund Robin würden Plastik fressen, das sie irgendwo finden, und elendig zugrunde gehen, Da darf man gar nicht drüber nachdenken..."

Die einzige Möglichkeit ist es, Plastik gar nicht zu verwenden. Einkaufen gehen mit Behältern, Stofftaschen, Körben, Netzen usw.

Pferdewiese

Der nächste Tag beginnt mit strahlendem Sonnenschein und lustigem Vogelgezwitscher.
Als sich Jean-Marc und Marie Fleur am Morgen auf dem Weg zur Bäckerei am Südstrand zufällig treffen, meint Jean-Marc:
„Ihr habt doch von Eurem Wohnzimmerfenster den tollen Blick auf die gegenüberliegende Pferdewiese. Hast du Lust und Zeit, heute mit mir dorthin zu gehen? Das wäre schön!"
„Eine tolle Idee!, antwortet Marie Fleur mit einem strahlenden Lächeln, „ich mag Pferde. Ganz besonders, wenn sie so natürlich und frei leben wie die Pferde auf der Pferdewiese!" —

„Also dann bis gleich nach dem Frühstück unten vor Eurem Haus *Wolkenlos*. Die Hunde können wir gerne mitnehmen. Emma und Robin sind als Parson Russell Hunde ja Pferdehunde. Oft leben sie auf Höfen gleichsam zusammen und verstehen sich sehr gut."

Marie Fleur ist begeistert und stürmt die Treppe zur Wohnung *Wolke 7* hoch, so schnell sie kann. Nach dem Frühstück geben sich das Mädchen und der Junge durch die Fenster im jeweiligen Erker ein Zeichen, und schon geht es los zu dem kleinen Ausflug.

Als sie vor der Pferdewiese stehen, ist Jean-Marc irgendwie traurig.

25

„Du siehst so traurig aus. Warum?", erkundigt sich das Mädchen.
„Ich habe gehört, dass die Pferde und Zicklein die schöne Wiese verlassen müssen. Traurig. Der Park daneben soll erweitert werden, durch Ruhezonen ergänzt werden, und es ist ein Familienhotel mit Freizeitaktivitäten angedacht - Indoor und Outdoor. Was meinst du?"

„Ich finde es auch traurig!", entgegnet das Mädchen, „ich fände es super, wenn man die Pferdewiese in die neu geplante Anlage einbindet. Das wäre etwas ganz Besonderes. Etwas Einmaliges, das nur Großenbrode hat!"
Jean-Marc freut sich, dass seine neue Freundin der gleichen Meinung ist wie er. Und das, obwohl sie zum ersten Mal in Großenbrode ist.
„Wir kommen seit vielen Jahren nach Großenbrode, und immer sind wir zu der Pferdewiese gegangen. Das war Ankommen, Wohlfühlen. Auch damals, als meine Mama noch bei uns war..."
Marie Fleur will fragen, doch als sie das traurige Gesicht des Jungen sieht, bleibt sie still. Vielleicht erzählt er es ihr später einmal...

Fahrt ins Blaue

Als Luisa wie fast jeden Tag ihre Tochter von der Surfstunde abholt, kommt der Surfer Ole plötzlich auf sie zugelaufen.
„Wenn ich euch zwei so sehe, würde ich gerne eine „Fahrt ins Blaue" mit euch unternehmen! Habt ihr Lust auf eine wunderschöne Insel? Auf eine Eisdiele, in der es das beste Eis weit und breit gibt? Das leckerste Eis an der Ostsee, besser gesagt: in der ganzen Welt, was meint ihr?

„Wenn du das so nett sagst, dann sind wir dabei! Wann und wo treffen wir uns?", meinen beide einstimmig. 26

„Morgen am Sonntag um 11.00 Uhr an der Bushaltestelle am Kai hinter dem Ostseehotel!"

„Einverstanden!", freuen sich die beiden Damen. Und Ole Johannson, der Surflehrer, freut sich auch.

Die drei fahren mit dem Bus auf die Insel Fehmarn. Die Fahrt über die Fehmarnsundbrücke ist insbesondere mit dem Bus ein einmaliges Erlebnis, weil der Bus höher liegt als zum Beispiel ein übliches Auto. Von Großenbrode kommend, genießen sie den herrlichen Blick auf die Insel Fehmarn. Rechts entdecken sie den Südstrand der Insel. Blauer Sund – weißer Sand – vereinzelt Häuser .
Sie fahren bis Burg Mitte – der größte und wohl bekannteste Ort auf Fehmarn. Da eine Töpferei – da eine verlockende Bäckerei – kleine Modegeschäfte mit ausgefallenen Auslagen in den Schaufenstern, eine Buchhandlung, die vor allem für Luisa ein Anziehungspunkt ist. Liebt sie doch Bücher sehr. Was gibt es Schöneres, als ein frisch gedrucktes oder ein altes Buch in der Hand zu halten, darin zu stöbern und einige Sätze gleichsam wie Appetithappen zu lesen... Dann gelangen sie auf einen zentralen Platz, umringt von Cafés, Bistros, Geschäften. Leider herrscht reger Autoverkehr um den Platz herum, und die drei haben Mühe auf die andere Straßenseite zu kommen.

„Wer hat Lust auf ein Eis?", fragt der Surflehrer plötzlich, „ich lade euch ein. Für mich ist heute ein besonderer Tag. Warum, das verrate ich euch später."
„Toll! Mein Lieblingseis ist Spaghetti-Eis mit frischen Erdbeeren und ganz viel Schlagsahne!", ruft Luisa.
„Und du, Ole, was magst du besonders?" fragt Luisa dann den Surflehrer neugierig.
„Ganz viele Dinge! Und ganz doll dich!...Aber jetzt mag ich auch Spaghetti-Eis mit frischen Erdbeeren und ganz viel Sahne! Und du, Marie Fleur, was ist dein Lieblingseis?" -

„Schokoladeneis mit Nüssen und Sahne!" Während alle drei ihr Eis genießen, wirft Luisa eine besondere Frage in die Runde:

„Ole, wie wir wissen, bist du Surflehrer. Okay! Was machst du im Winter, in der kalten, ungemütlichen Jahreszeit? Surfst du dann im Internet oder hältst du Vorträge für Surfer und solche, die es werden wollen?" Ole wundert sich ein wenig über die plötzliche Frage – und das mitten im Sommer an einem so herrlichen Sonnentag!

„Nein. Ich habe noch einen zweiten Beruf. Ich bin Physiotherapeut. Diesen Beruf habe ich auf einer Fachhochschule studiert. Er ist mein 1. Standbein und mein Hauptstandbein, von dem ich immer leben kann... Denn der Bedarf an Physiotherapeuten ist hoch und steigt ständig angesichts der älter werdenden Gesellschaft."

„Das ist ja toll!", entgegnet Luisa, „so hast du dir als Surfer einen Traum erfüllt, nicht wahr? Und der Beruf des Physiotherapeuten bietet dir Sicherheit! Doch wo übst du diesen zweiten Beruf aus?"

„In Hamburg, wo ich den Winter verbringe. Das ist ein spannendes Konzept. Nur für Beziehungen ist es meist nicht geeignet. Zwei Mädchen haben mich deswegen schon verlassen...", gesteht Ole offen und unverblümt mit einem ironischen Lächeln. Nadine wollte jeden Tag bei mir sein, mit mir frühstücken, mit mir einkaufen gehen, mit mir faulenzen. Doch das ging nicht, wenn ich in Großenbrode war und sie in Hamburg... So haben wir es erst über Skype versucht, vieles gemeinsam zu tun. Doch das ging nicht immer. Nadine warf das Handtuch – eines Tages aus der Badewanne auf mich. Das war unser letzter gemeinsamer Tag. So bin ich denn wieder Single."

Die Unterhaltung zwischen den dreien wird immer lustiger. Plötzlich sagt Luisa: „Ole, schade, dass du so jung bist! Du bist der ideale Flirtpartner!"

„Warum denn zu jung? Ich mag Frauen, die nicht nur kichern, sondern auch nachdenken..." - Das ist die kurze Antwort von des Surflehrers Ole Johannson.

Nachdem die drei Ausflügler die Umgebung von Burg in einem kleinen Spaziergang erkundet haben, geht's mit dem Bus über die Fehmarnsundbrücke zurück nach Großenbrode. Wunderschön der Anblick von der Fehmarnsundbrücke aus, wie gegenüber in Großenbrode die Sonne ganz allmählich untergeht. Ein einmaliges Farbenspiel, das die beiden Feriengäste nie vergessen werden.

Als es ganz romantisch ist, legt Ole sehr zärtlich seinen rechten Arm um Luisas Schulter. Ganz vorsichtig, damit Marie Fleur, die auf der linken Seite sitzt, es nicht merkt. Luisa ertappt sich dabei, dass sie den Augenblick sehr berührend findet.

'Wenn der junge Mann immer so zärtlich ist', denkt sie so bei sich im Geheimen, 'dann könnte ich schwach werden...'

Das ist einer jener besonderen Momente im Leben einer Frau, die sie nie vergisst und die ihr in traurigen Zeiten Trost spenden.

Dann plötzlich erklingt die tiefe Stimme von Ole:
„Habt ihr Lust, auf einen Espresso oder eine Tasse heiße Schokolade zu mir in mein Reetdachhaus zu kommen? Meine Oma hat mir eine neue Maschine geschenkt!"

„Na denn, kommen wir gerne mit, um das Geschenk deiner Oma zu testen!"

Gespannt betreten die Drei mit dem Hund Emma das Reet bedeckte Haus nahe am Meer. Es sieht aus wie ein Knusperhäuschen aus dem Märchen „Hänsel und Gretel". Fehlt nur noch die Großmutter. Es sieht sehr gemütlich aus, und in der kleinen Küche steht auf einem hellgrauen Küchenschrank die neue Kaffee/Kakaomaschine. Das wird ein leckeres Kaffee- und Kakaoschlemmen in dem behaglichen Wohnzimmer.

„Insbesondere im Winter muss es hier sehr anheimelnd sein", meint Luisa zu dem Surflehrer Ole.

„Ihr könnt mich gerne mal im Winter besuchen! Dann gibt es wieder Kaffee und Kakao.

Wir können auch Raclette veranstalten, oder ich bereite euch ein leckeres Fischgericht zu. Kochen ist nämlich mein zweites Hobby neben Surfen..."

Ole lächelt Luisa an – fast mit einem süffisanten Schmunzeln. Was soll das bedeuten? Das ist wie ein Streicheln mit den Augen. Genau so eine Zärtlichkeit, wie Luisa sich wünscht...

Als Ole Johannson die beiden in die Strandvilla *Wolkenlos* bringt, legt er wieder ganz sacht seinen Arm um Luisas rechte Schulter, so dass Marie Fleur es nicht sieht. 'Weil du ein zärtlicher Mann bist' – dieses Lied fällt der einsamen Frau ein. Oft sind es die kleinen, unscheinbaren Gesten, die etwas bedeuten und eine besondere Strahlkraft für die oder den anderen haben...

Kapitel II

Auf dem Schiff des Lebens

**Leben ist wie ein schwankendes Schiff.
Mal herrscht peitschender Sturm — mal brennender
Sonnenschein**

Café mit Meerblick

Ein anderer Tag.
Sie treffen sich. Auf dem Weg zu ihrem Lieblingsplatz. Luisa mit Hündin Emma und Louis mit Hund Robin.
Zufall oder Schicksal?
Als sie auf den Bänken Platz genommen haben, jeder auf seiner, beginnt Luisa das Gespräch:

„Was machen Sie eigentlich, wenn Sie nicht in Urlaub am Meer sind?"

„Dann ist das Meer trotzdem mein Thema. Als Meeresbiologe beschäftige ich mich mit allem rund um das Meer: Meerestiere, vor allem Fische, Pflanzen wie Algen, alles in allem Leben im Wasser. Dazu gehört auch das aktuelle große Thema: „Plastik im Meer". Bald ist es soweit, und es gibt mehr Plastikteile in der Ostsee als Fische! Affreux = schrecklich, wie der Franzose sagt.

---- Das große Umwelt-Thema ist jetzt und immer: Die Verseuchung der Umwelt und insbesondere der Meere durch Plastikmüll. **Besonders die Masse an Plastikmüll, die in Meere und Ozeane gelangt, wird zu einer Bedrohung für Seevögel und Meeressäuger. So gelangen z.B. jedes Jahr rund 10 Millionen Tonnen an Plastikmüll weltweit über die Flüsse oder von Schiffen aus in die Meere. Das ist ein vollbeladener Müllwagen in jeder Minute!**

„In der Tat, dann haben wir ein Problem! Wie sagt der Kleine Prinz so schön:
'Du bist ein Leben lang für das verantwortlich, was du dir vertraut gemacht hast.' Das bedeutet, wir alle sind ein Leben lang für das Meer und die darin lebenden Tiere und Pflanzen verantwortlich." so Louis.
Nachdenklich schaut Luisa den Franzosen an. Ganz spontan sagt sie:

„Wir können uns doch duzen. Was meinst du? Wir sind doch aus einem Holz geschnitzt. Wir denken doch gleich und schauen in die gleiche Richtung!" Louis ist begeistert:
„Toll, dass du mir das 'Du' anbietest. Und toll, dass du so denkst!"

„Dann habe ich direkt einen Vorschlag: „Was hältst du davon, wenn wir auf der herrlichen Strandpromenade entlang gemeinsam zur Surfschule gehen, um unsere Kinder abzuholen?"
„Super = prima. Vorher lade ich dich zu einem Kaffee im Café *VAIDA* ein. D'accord = einverstanden?"
An der Seebrücke angekommen, schauen sie beide auf das Meer. Auch die Hunde blicken zum Meer.
'Weit – unendlich weit der Horizont am Meer. Endlos wie die Liebe, die Hoffnung...', denkt Luisa so bei sich und ist für einen Moment endlos glücklich.
Gemeinsam gehen sie auf die Seebrücke.
„Am Ende fühlt man sich wie auf einem Schiff, das durchs Meer treibt! Gleichsam auf dem Schiff des Lebens", dieser Gedanke treibt in diesem Momentum den Franzosen um.

Weiter gehen der Mann und die Frau und die beiden Hunde auf der Strandpromenade entlang in Richtung Yachthafen. Als sie an dem süßen Café *Vaida* ankommen, meint Louis Lacoste strahlend:
„Je t'invite pour un café et un gateau, si tu veux = Ich lade dich zu einem Kaffee und Kuchen ein, wenn du möchtest." -
„Je veux bien – gerne. Une bonne idée – eine gute Idee. Aber eigentlich wollte ich dich einladen!", meint Luisa schmunzelnd.
Sie setzen sich an einen Tisch mit Meerblick. Selbst die Hunde *Emma* und *Robin* schauen auf das Meer. Vielleicht warten sie ja auf einen Fisch ?

Irgendwann ist es der Meeresbiologe, der das große Schweigen unterbricht:
„Louis: „Warum bist du ans Meer gefahren?"

Luisa: „Weil ich unendlich traurig war. Wenn man traurig ist und ans Meer fährt, wird man entweder noch trauriger, oder aber es geht einem besser...! Wenn man auf das Meer schaut, sieht man vieles ganz anders..."

„Das geht mir genauso. Auch ich bin unendlich traurig. Immer noch. Immer wieder. Es war vor drei Jahren. Da geschah etwas, das das Leben von Jean-Marc und mir vollkommen einstürzen ließ. Wie ein Baum verloren wir die Blätter, die Wurzeln, den Saft des Lebens...
Nach jahrelanger schwerer Krankheit starb meine geliebte Frau in meinen Armen. Hoffnung, ja es gab Hoffnung. Doch am Ende siegte das Leid.
Mir fällt ein Satz von Paulo Coelho ein, den der brasilianische Schriftsteller in seinem neuesten Roman „*Hippie*" schreibt:
'Der schlimmste Mord ist der, der an unserer Lebensfreude begangen wird.'
In meinen Worten: 'Das schlimmste Leid ist das, das unsere Lebensfreude tötet.'
Wir drei waren jeden Sommer an der Ostsee. Und jetzt fahren wir weiterhin jedes Jahr an die Ostsee. Zu zweit. Jean-Marc und ich.
Doch nichts ist mehr, wie es einmal war. Ariana fehlt."

Luisa hört zu. Ihre Augen werden immer trauriger... Dagegen ist ihr eigenes Leid winzig klein. Dies obwohl es ihr unendlich groß erscheint.

Louis möchte wissen:
„Luisa, was macht dich so traurig?" Nachdenklich und tief bestürzt antwortet Luisa:
„Louis, das erzähle ich dir ein anderes Mal."

Plötzlich lautes Lachen und eine große Frage:
„Was macht ihr denn hier?"
Das sind die Kinder, fröhlich und ungestüm.
„Wir möchten euch abholen! Überraschung. Und zum Eis einladen!"

Projektgruppe

Beim anschließenden Eisessen mit Meerblick bei *Vaida* hat Marie Fleur plötzlich eine fulminante Idee:

„Wir könnten doch eine Projektgruppe gründen, um etwas für den Umweltschutz zu tun. Zum Beispiel im Bereich „Plastikmüll". Plastikmüll stört uns alle. Doch fast jeder wirft einmal eine leere Plastikflasche oder Kaugummi-Papier, eine leere Brötchentüte achtlos in die Landschaft, ohne sich etwas dabei zu denken. Das muss aufhören! Was meint ihr?"

„C'est une bonne idée! = Das ist eine gute Idee", erwidert Louis Lacoste, der Vater von Jean-Marc.
Gemeinsam entwerfen Marie Fleur und Jean-Marc einen Text für einen Aushang. Hier ist er – voilà!

Aufruf

an alle Kinder in und um Großenbrode
Seid ihr auch für den Schutz unserer Umwelt?
Möchtet ihr auch unser Meer und die darin lebenden Meerestiere schützen? Dann macht mit in unserem Team!

Projektgruppe: Work for Future (Arbeitstitel)
          Einen Namen möchten wir gemeinsam finden

Ziel: Reinigung des Südstrandes von Plastikmüll
Wir treffen uns!   35

Wo: Neuer Spielplatz Großenbrode
Wann: Samstag,...,
Wir freuen uns, wenn ihr kommt!

Bitte melden unter der Handy-Nummer:
111 555666999 oder einfach erscheinen!

Umweltfreundliche Grüße

Marie Fleur und Jean-Marc
Emma und Robinson Crusoe === Spürhunde

Louis druckt die Flyer auf seinem mitgebrachten Drucker aus, den er aus beruflichen Gründen immer bei sich hat. Die Kinder hängen die Flyer an wichtigen Stellen auf, z.B. am Spielplatz, im Meerhus, im Tourismus-Büro, im Wellnesscenter, in der Post, im Haus Wolkenlos im Strandpark, am Zaun der Pferdewiese, die sie so lieben, usw. Ein Mädchen namens Helena, das ebenfalls im Haus Wolkenlos wohnt, bittet die beiden, ihnen mithelfen zu dürfen. Toll, so haben sie Unterstützung. Doch vorher muss Helena eine Frage beantworten:

„Was tust du jetzt schon für die Umwelt?"
Helena denkt einen Moment nach und antwortet dann:

„Ich gehe immer mit einem Korb einkaufen, in dem ich alle gekauften Lebensmittel, Obst und andere Dinge unterbringe. Und wenn ich zum Bäcker bei uns im Dorf gehe, nehme ich eine bereits gebrauchte Tüte für Brot und Brötchen mit. Was meint ihr? Bewerbung um Mithilfe akzeptiert?"

„Ja, das ist in Ordnung!"   36

„Ich bin gespannt, wie viele Kinder und Jugendliche sich melden", fragt Marie Fleur mit einem neugierigen, jedoch ein wenig skeptischen Lächeln im Gesicht. Nun heißt es warten.

Dann ist es soweit. Der fragliche Tag ist gekommen. Marie Fleur und Jean-Marc laufen aufgeregt mit den beiden Spürnasen zum Spielplatz. Schon von weitem sehen sie eine Traube von Menschen. Einige Hunde sind auch dabei! Groß ist die Freude bei den Initiatoren der Projektgruppe. Und freudig werden sie von den künftigen Mitstreitern begrüßt.
„Wisst Ihr schon einen Namen für unsere neue Gruppe? Vorschläge bitte!"
– Anti-Plastik
– Naturschutz am Meer
– MeerZeit für unser Meer – das ist der beste Vorschlag!
– Holidays for Future

Nach der Abstimmung siegt der Name:

MeerZeit für unser Meer

Es geht los. Bewaffnet mit gelben Säcken und grünen Greifzangen gehen ca. 30 Jugendliche an die Arbeit. Sie teilen sich in zwei Gruppen auf. Die eine Gruppe beginnt auf der rechten Seite von der Seebrücke, die andere auf der linken Seite. Während die Schülerinnen und Schüler und auch Kindergartenkinder eifrig Hand anlegen, erhalten sie Anerkennung und Bewunderung von den Passanten – Einwohnern von Großenbrode und Touristen.

Eine junge Frau von der Lokalpresse in Heiligenhafen ist auch da! Und ein Fotograf mit einer Riesenkamera. Sie werden in der Presse von dieser besonderen Aktion berichten.
Den Abschluss wird ein großes Eisessen bilden.

Spaghetti-Eis mit Erdbeeren und ganz viel Sahne

So ist es versprochen. Das ist ein toller Anreiz für die Kinder und Jugendlichen.

Alle genießen es und freuen sich auf das nächste Treffen:

Morgen gleiche Stelle — gleiche Zeit!

Eis essen dann wieder im kleinen Eissalon in Großenbrode wieder mit Meerblick. Das Eis ist dort besonders lecker und der Cappuccino auch!

Lieblingsplatz

Am nächsten Tag herrscht herrlicher Sonnenschein, eine kleine frische Brise Wind weht vom Meer her.

Es ist 9.30 Uhr. Luisa hat eine plötzliche Idee auf dem Weg zum Bäcker. Sie macht einen kleinen Umweg zu ihrem Lieblingsplatz bei den zwei weißen Bänken an der kleinen Mole, zu den Möwen . Eine kleine Pause von 15 Minuten. Sie setzt sich auf die rechte Bank wie an dem Tag, als sie Louis Lacoste kennengelernt hat. Verträumt schaut sie auf die Ostsee. Wartend.

Ein letzter Blick auf die Bank neben ihr. Ein letzter Blick auf das Meer. Dann geht sie schnellen Schrittes in Richtung Südstrand, um für das Frühstück mit ihrer Tochter Croissants und frische Brötchen vom Bäcker zu holen.

Fünf Minuten später. Louis Lacoste, der Meeresbiologe, steuert schnurstracks auf die beiden Bänke zu. Hoffnungsvoll blickt er auf die rechte Bank, auf der vor einigen Tagen die hübsche Frau im rosa Polohemd und in der rosa Hose saß. Die Bank ist leer...

Traurig. Er wartet 10 Minuten lang. Dann joggt er weiter Richtung Bäcker, um Croissants und Baguette für seinen Sohn Jean-Marc und sich einzukaufen. Ab und zu dreht er sich um und wirft einen wehmütigen Blick auf seinen und ihren (?) Lieblingsplatz.

Sie sind sich ganz nah und doch nur in Gedanken verbunden...
Sie gehen an den gleichen Ort. Doch sie treffen sich nicht...

Ein Tag in Heiligenhafen

„Habt ihr Lust, mit mir nach Heiligenhafen zu fahren?, fragt der junge Surflehrer Jean-Marc und Marie Fleur nach der Surfstunde. „Ich freue mich, wenn dein Vater und deine Mutter mitkommen. Fragt sie doch mal!"

„Au ja, meine Mutter können wir direkt fragen. Da kommt sie schon mit unserer Hündin Emma die Promenade entlang. So ein Ausflug zu fünft mit den beiden Hunden wäre super!"

Freudestrahlend läuft das Mädchen ihrer Mutter entgegen. Emma springt begeistert an ihr hoch.

Die Mutter von Marie Fleur ist sofort einverstanden. Auch Herr Lacoste findet die Idee gut. Möchte er doch gerne diese Kleinstadt auf der östlichen Spitze der Halbinsel Wagrien kennenlernen. Am nächsten Tag fahren die fünf mit den zwei Vierbeinern mit dem Regionalbus nach Heiligenhafen.
Ole, der Surflehrer, hat im Internet unter Wikipedia nachgelesen. Heiligenhafen hat 9117 Einwohner. Im Sommer und am Jahresende num Silvester sind es natürlich viel mehr Menschen, die durch die imposante Altstadt und den Hafenbereich streifen. Der Boden Heilgenhafens ist reich an Altertümern. Der Name könnte auf ehemals heidnisches Heiligtum zurückgehen. 39

Der erste Eindruck: eine verwinkelte Altstadt mit Teilen einer alten Stadtmauer, einem großen zentralen Platz mit vielen Cafés, kleinen Geschäften, selbst ein Warenhaus gibt es. Die Kinder spielen zwischen den alten Mauern Versteck. Die Hunde laufen mit ihnen durch die engen Gassen. Plötzlich haben alle Lust, Kaffee oder Kakao trinken zu gehen. Natürlich auf dem großen Platz. Sie setzen sich auf die Terrasse eines Cafés. Luisa ist es plötzlich warm geworden. Als sie ihre Strickjacke auszieht, will Louis ihr helfen. Da auf einmal ist die Erinnerung wieder da. Ein ganz besonderer Duft nach Lavendel und Limonen. Ein inniger Tanz, eng umschlungen. Damals in England in der Nähe von Cambridge. Er war mit anderen Franzosen in einem internationalen Agriculture Camp, um seine englischen Sprachkenntnisse zu perfektionieren. Da waren auch deutsche Studentinnen...

„Jetzt weiß ich es! Das ist es!", flüstert er Luisa ins Ohr.
„Was ist los?", fragt Luisa aufgeregt.
„Es war damals im Camp. Wir haben einmal mit einander getanzt. Ich habe mich direkt in dich verliebt. Doch du warst damals mit Max, meinem Freund, zusammen. Erinnerst du dich? Er war kleiner als ich und trug einen Bart. Du warst gerade mal 18 Jahre alt und so erfrischend jung!"
— „Ja, ich erinnere mich. Das war ein sehr emotionaler Tanz – auch für mich."
Louis fährt fort: „Deinen Duft spüre ich noch heute in meiner Nase. Es war dein letzter Abend im Camp. Du wurdest zur Miss Fridaybridge gewählt. Am nächsten Tag bist du mit Max gemeinsam nach London abgereist. Aber dieses Mal lasse ich dich nicht so einfach abreisen..."

Die anderen setzen sich zu ihnen. Alle essen Erdbeerkuchen mit Sahne, mit ganz viel Sahne. Luisa und die beiden Männer bestellen Cappuccino, die Jugendlichen trinken Kakao, die Hunde bekommen frisches Wasser in einem großen weißen Napf.   40

Sie erzählen sich dies und das. Sie lachen viel und laut.
Irgendwann geht es mit dem Regionalbus zurück nach Großenbrode.

Wieder dieser wunderbare Ausblick auf den tiefblauen Fehmarnsund.

Ein Blick, den man nie vergisst. Ein Blick, den man im tiefen Winter jederzeit abrufen kann, zum Beispiel, wenn man den berühmten Winterblues hat. Dieser Winterblues, der Luisa in den Monaten Januar, Februar, März bisweilen aus heiterem Himmel wie ein Taifun überfällt, wird von positiven Erinnerungen im Fluge vertrieben.

Wer ist denn das ?

Ein wunderschöner Morgen. Sonne – eine leichte Brise – Vogelgezwitscher. Die Pferde sind auf der Pferdewiese.

Luisa und ihre Tochter sitzen gemütlich in der modernen Essecke neben der offenen Küche. Emma schläft in ihrem Körbchen. Der reichhaltig gedeckte Frühstückstisch mit frischen Brötchen und Croissants, Vollkorntoastbrot, Beerenkonfiture aus der Region, gekochten Eiern von freilaufenden Hühnern und Obst, wie Äpfel, Bananen, Birnen und Erdbeeren, Orangensaft, macht richtig gute Laune auf einen spannenden Sonnentag am Meer. In der Tat, spannend sollte dieser Tag werden.

Am Fenster ein bunter Schmetterling. Luisa schaut näher hin. Da entdeckt sie vor dem Haus gegenüber, in dem Louis und Jean-Marc eine Ferienwohnung gemietet haben, einen roten Jaguar.
Wer steigt denn da aus? Eine große blonde Frau, total gestylt in einem dunkelblauen Business-Hosenanzug. Unter dem Arm trägt sie eine rote Collegemappe. „Wer ist denn das?", fragt Luisa laut und neugierig.

„Mami, bist du etwa eifersüchtig? Vielleicht besucht die gestylte Dame Louis Lacoste."

Und dann entdecken Mutter und Tochter die Frau im blauen Hosenanzug in der Wohnung gegenüber. Sie setzt sich an den Esstisch, Louis bringt ihr eine Tasse Kaffee. Aus ihrer roten Collegemappe holt die blonde Frau einen Laptop, ebenfalls in Rot. Das scheint ihre Lieblingsfarbe zu sein.

Gemeinsam setzen sie sich nebeneinander an den Laptop und starren gespannt und auch ein wenig aufgeregt auf den Bildschirm. Das sieht nach einem dienstlichen Besuch aus. Doch am Ende gibt die Dame dem Meeresforscher einen kleinen Kuss auf die Wange, nur so dahin gehaucht. Was soll das? Ein merkwürdiger Besuch, den Luisa nicht vergessen wird.

Am Nachmittag desselben Tages macht Marie Fleur ihrem Strandfreund einen Vorschlag:

„Um das Prickeln bei unseren Eltern anzustacheln, können wir jetzt gerne unser angedachtes Projekt einer Flaschenpost starten.

„Moderne, sportliche Frau sucht unternehmungslustigen, , treuen Naturfreund" - so formuliert Marie Fleur die Flaschenpost im Namen ihrer Mutter.

„Suche für meinen Vater, den besten Vater der Welt, intelligente, warmherzige Frau" — so formuliert Jean-Marc den Text für die Flaschenpost im Namen seines Vaters.

Jetzt stellt sich die Frage, an welcher Stelle die beiden die Flaschen ins Meer werfen. Das hängt von den Wellen und von der Windrichtung ab. Nun gilt es auch noch, die Mutter beziehungsweise den Vater an die richtige Stelle zu locken, von der die Kinder glauben, dass die Flaschen dort entlang treiben oder getrieben werden.

„Weißt du was?", meint Marie Fleur ganz plötzlich. „Egal, wohin sie schwimmen, wir lassen die Flaschen ganz einfach am Ende der Seebrücke ins Meer! Was meinst du?"

„Super Idee! Jetzt müssen wir nur noch die Briefe schreiben, so dass meine Mutter beziehungsweise dein Vater die Schrift nicht erkennen. Ich schreibe den Brief für deine Mutter, und du schreibst den Brief für meinen Vater. Sinnvoll ist es auch, die Schrift so zu gestalten, wie Erwachsene schreiben! Sonst wissen die beiden direkt Bescheid, woher der Wind weht!" — so der Kommentar von Jean-Marc, dem pfiffigen Jungen aus Frankreich.

Beide sind sehr stolz auf ihre Idee und gespannt auf die Ereignisse, die da kommen mögen... Morgen um 11.00 Uhr verabreden sie sich für die Aktion **Flaschenpost.**
Nachdem sie nun die Briefe geschrieben haben, versenken sie die Flaschen wie geplant im Meer. Und harren der Dinge, dieda kommen...

Dîner im Nordlicht

Als Louis und Luisa sich am übernächsten Tag zufällig an ihrem Lieblingsplatz begegnen, hat Louis eine Idee:

„Wir möchten euch gerne zum Essen einladen. So als Begrüßung unserer deutsch-französischen Freundschaft:
'Dîner im *Nordlicht*' — *Nordlicht* ist das nicht ein schöner Name für ein Restaurant? Der Name weckt Träume von einer wunderschönen Mittsommernacht im hohen Norden. Von dem Hauptraum aus genießt man einen herrlichen Blick auf den Großen Platz – Grande Place, wie ich ihn persönlich nenne. Und als Krönung des Ganzen sieht man die Seebrücke, die gleichsam in die Ostsee führt. Wir waren schon mehrmals dort und haben wunderschöne Abende verbracht.

Zur Zeit gibt es frischen Dorsch, der in mehreren Variationen angeboten wird. Jean-Marc und ich, wir mögen den Dorsch in natürlicher Zubereitung mit warmer Buttersoße, neuen Kartoffeln und einem gemischten Gartensalat.

„Hmm, hmm, lecker – da läuft mir das Wasser im Munde zusammen. Als Kontrast würde ich zu diesem Dorsch-Gericht einen französischen Rotwein, genau gesagt einen Merlot, trinken", freut sich Luisa und schaut Louis mit einem schelmischen Lächeln an — fast ein wenig verliebt... und vielversprechend!

Plötzlich sagt die junge Frau:
„Wenn du die richtige Frage stellst, dann sage ich ja!" Louis entgegnet: „Also werde ich nachdenken und die richtige Frage stellen. Zur richtigen Zeit... Die Zeit wird kommen!"

Der Abend wird wunderschön, Die Kinder sind auch begeistert von dem Ambiente. Das heißt, von dem unmittelbaren Blick auf das Meer, auf den Spielplatz, den sie Action-Platz getauft haben, und auf die lange Seebrücke, die in der Ostsee, irgendwo in weiter Ferne, zu enden scheint.

Nach dem Essen gehen die Jugendlichen nach draußen ans Meer.

„Darf ich mich zu dir setzen?", fragt der Franzose heimlich und verstohlen.
Dann diese Nähe! Unheimlich!

Louis spürt wieder den Duft von Lavendel und Limonen...
Luisa spürt zum ersten Mal den Duft von Meer und Abenteuer...

Aber sie hat doch ihre Prinzipien. Wird sie diese über Bord werfen?
Blitz – Donner – Leidenschaft!
Diese Nähe ist wunderbar.
Diese Nähe ist einmalig.
Diese Nähe ist prickelnd.

Hat Luisa sich verliebt?
Und Louis, ist er auch verliebt?
Beide rücken immer näher aneinander.
Und in der darauffolgenden Nacht träumen sie voneinander.

Manchmal ist träumen schöner und erfüllender, als die Wirklichkeit zu erleben...

Sehnsucht

*Mein Mann Kalle und ich — wir möchten noch einmal
das Meer sehen.*

*Wann wird es uns möglich sein, wieder einmal an die
Ostsee, an das Baltische Meer zu fahren?*

*Das Meer ist wie das Leben:
Mal wild - mal sanft,
mal süß - mal salzig.*

*Aber immer unendlich weit. Und frei..
So frei wie unsere Gedanken...
So frei wie unsere Träumereien...*

*Wann werden wir wieder an unserem Lieblingsplatz
sitzen und auf das Meer schauen
und uns verliebt anschauen?*

Ole Johannson

Über all dem Träumen hat Luisa Ole Johannson, den Surflehrer in der Segelschule, fast vergessen. Da macht Ole, der Surflehrer mit dem Pferdeschwanz, ihr einen verhängnisvollen Vorschlag:

„Heute Nachmittag haben die Kinder unserer Surfschule ein Fußballspiel gegen die Kinder des Dorfes auf dem Sportplatz neben dem Wellness Center. Alle Kinder freuen sich schon riesig. Da haben wir quasi sturmfreie Bude, das heißt, wir können tun und lassen, was wir möchten..."

„Da hat meine Tochter Marie Fleur gar nichts von erzählt. Was willst du tun? Was willst du lassen?, fragt Luisa mit einem schnippischen Unterton.
Der Surflehrer, der ein wenig aussieht wie David Garrit, entgegnet prompt:
„Meine Idee: Wir gehen mit Hündin Emma bis zur Fehmarnsundbrücke immer am Meer entlang. Was denkst du?" —

„Supi! Laufen ist immer schön..."
Das ist ein herrlicher Spaziergang immer an der Ostsee entlang, mal gerade Wege, mal über Stock und Stein, mal durch die Pampa, aber immer spannend und wunderschön.
Angekommen, müde und erschöpft, machen die beiden Fotos von sich gegenseitig und Selfies von beiden zusammen. Es ist sehr lustig!

Auf dem Rückweg Richtung Großenbrode Südstrand fängt es plötzlich an zu regnen. Erst leichte, dann heftige Böen peitschen den Spaziergängern ins Gesicht und auf den Körper. Sturm. Da legt Ole schützend seinen Arm um Luisa. Heimlich drückt er sie innig, vielleicht um ihr so ganz still und verhalten seine Zuneigung zu zeigen. Mehr wagt der Surflehrer nicht.   47

Als sie vor dem Reetdachhaus von Ole stehen, macht der sportliche junge Mann einen sachten Vorschlag:

„Wir haben noch Zeit. Die Jugendlichen wollen sich nach dem Fußballspiel zusammensetzen und diskutieren. Das kann dauern. Möchtest du in dieses süße Reetdachhaus zu mir auf einen Absacker kommen?" —
Luisa zögert zunächst ein wenig. Doch dann antwortet sie plötzlich ganz spontan:
„Gerne."

„Möchtest du ein Glas Rotwein trinken?" —

„Da sage ich nicht nein!", freut sich Luisa. Erdnussflips, Kartoffelchips, Käsestückchen mit Weintrauben und eine Schale mit Konfekt garnieren den Wein.

„Hast du Träume?", fragt Ole plötzlich.
„Ja, ich ertappe mich immer wieder dabei, wie ich von einer Schlittenfahrt mit Huskies in Finnland träume. Und dann nach der Fahrt durch die Kälte mich in einer behaglichen Blockhütte am Kaminfeuer aufwärme. Und du, was träumst du?"
„Mein größter Wunsch ist es, einmal mit der Transsibirischen Eisenbahn von Moskau nach Wladiwostok zu fahren."
—   „Führst Du Tagebuch bei Deinen Reisen?"
—   „Nein."

Luisa: „Ich möchte gerne einmal einen Roman schreiben!"

So hat jeder seine Träume. Was wäre das Leben ohne Träume?

Ole schaut Luisa verliebt an. Am liebsten würde er sagen:
„Ich träume von einer Nacht mit dir..." Das traut er sich aber nicht.

Sie steht auf und schaut sich seine Bücher im Regal an der gegenüberliegenden Wand an.

„Du liest ja Liebesromane. Toll. Das gefällt mir."

Als Ole an ihr vorbeigeht, berührt er sie zart. Luisa spürt seine Männlichkeit und ist fast verloren...

Es ist wie ein Rausch. Ein Sog, der sie mit aller Kraft ins Abenteuer lockt. Wie in einem französischen Film: prickelnd, faszinierend und unheimlich erotisch.

Verlockend wie eine Schachtel feiner Pralinen, von denen die Französisch-Übersetzerin doch so gerne nascht...

Luisa: „...und manchmal möchte ich schon... etwas Unvernünftiges tun — einfach so, wenn ich gerade Lust darauf habe...", sagt sie wieder mit diesem schnippischen Lächeln. Dabei faltet sie ihre hübsche Nase.

Verloren schaut sie den sportlichen, knackigen jungen Mann an und schmiegt sich eng an ihn, als sie sich vom Bücherregal entfernt.

Wow. Sie ist noch einmal der Verlockung entgangen.

Im Radio erklingt: „Let be lovers tonight! Oho! Oho!", gesungen von Rea Garvey, einem Iren, der in Deutschland als Musiker arbeitet.

Wenn das alles so einfach wäre...

Am nächsten Tag:

Luisa entdeckt ein merkwürdiges Ungetüm im Meer

Als Luisa am nächsten Tag mit ihrer Tochter an der Ostsee entlang schlendert in Richtung Seebrücke, macht sie plötzlich eine ungewöhnliche Entdeckung. In der Ostsee schwimmt eine meergrüne Flasche mit einem weißen Segel oben drauf. Auf dem weißen Segel flattert eine rote Fahne im Wind. Beide schauen dem merkwürdigen kleinen Segelschiff nach.
„Was ist das?", fragt Marie Fleur ihre Mutter, „Das kleine kuriose Schiff treibt direkt auf uns zu. Vielleicht eine Botschaft?"

Gespannt warten die beiden Frauen auf die Ankunft des Schiffes, das heißt: sie warten auf die Flasche mit Segel und vielleicht einer Nachricht von einem geheimnisvollen Unbekannten . So etwas nennt man Flaschenpost! Das ist eine ganz altmodische Form, um eine Nachricht an eine angebetete Person zu versenden. Heute geschieht das per WhatsApp. Was ist schöner? Was ist spannender?

Der Text: „Suche für meinen Vater, den besten Vater der Welt, intelligente, warmherzige Frau, welche die Natur liebt!"
Eine Email-Adresse ist auch dabei: flaschenpost@großenbrode.de

Schnell schickt Marie Fleur eine WhatsApp an Jean Marc „Wir haben die Flaschenpost entdeckt. Mama hat angebissen. Geheime Meldung: 'Der Fisch hat angebissen'. Super!"

Verschmitzt sagt Luisa zu ihrer Tochter:

„Den Mann möchte ich gerne kennenlernen, der einen so aktiven Sohn mit Herz hat."

50

Mittsommernacht

22.06.2019

Tanz um den Mittsommerbaum

Wie in Schweden wird in Großenbode die Mittsommernacht gefeiert. Eine schöne Tradition. Louis Lacoste hat dieses Fest gemeinsam mit seiner Frau Ariana und seinem Sohn Jean-Marc jedes Jahr mit den anderen gefeiert. Doch seitdem seine Frau vor drei Jahren gestorben ist, war er nicht mehr auf dem Fest. Die Erinnerung geht zu tief. Er würde nur abseits irgendwo alleine sitzen und weinen.

Doch dieses Jahr versucht sein Sohn, ihn zu überreden und gemeinsam zu dem Fest zu gehen. Jean-Marc hat da einen etwas verwegenen Gedanken im Hinterkopf...
Da gibt es eine jüngere Frau, die ihm sehr sympathisch ist. Schließlich gelingt es dem Schüler, seinen Vater zu überzeugen, so dass dieser bereit ist, die Mittsommernacht vor der großen Bühne in Großenbrode gemeinsam mit den anderen Gästen zu feiern.
Die Farben dieses Sommers sind Rosa und Blau. Jean-Marc hat da kein Problem, da Blau auch seine Lieblingsfarbe ist. Vor Freude strahlend zieht er seine schmale mittelblaue Jeans und ein mittelblaues Shirt an.
Auf Anregung von seinem Sohn wählt Louis eine dunkelblaue Jeans und passend dazu ein dunkelblaues Polohemd. Als Meeresforscher entscheidet er sich für ein Polohemd mit dem Krokodil.

Gegenüber in der Strandvilla *Wolkenlos Wolke 7* steht Luisa etwas ratlos vor dem weißen Kleiderschrank. ROSA ist das Motto! Voilà, das ist es! Sie greift zu ihrem Lieblingskleid.

Zartrosé – Leinen – Midi-Länge – durchgeknöpft.

Ein Hemdblusenkleid mit einem Gürtel, der auf der Rückseite gebunden ist. Dazu entscheidet sie sich für ihre rosa Perlenkette und das passende Armband. Obwohl ihr eigentlich den ganzen Tag nicht zum Feiern zumute war, verspürt sie plötzlich Lust zu tanzen... In den Armen eines sympathischen Mannes, der so aufrichtig lächeln kann wie sonst niemand.

Ein schönes Bild. Die Mädchen und Frauen haben **Blumenkränze im Haar,** selbst gepflückt und selbst geflochten.

Auf dem Buffet, ebenfalls in Blau und Rosa gedeckt, entdecken die Gäste schwedische Spezialitäten, wie Kötbuller, besondere Bratkartoffeln, Würstchen mit Senf und Zwiebeln, Garnelen, schwedischer Mandelkuchen, Rote Grütze usw.

Als Luisa all die Leckereien begutachtet, läuft ihr das Wasser im Munde zusammen. Liebt sie doch besonders die nordische Küche! Das verspricht ein schöner Abend zu werden, zumindest vom kulinarischen Gesichtspunkt aus gesehen.

Sie freut sich auf diese Mittsommernacht. Und möchte einfach nur schweben und alles vergessen, was sie die letzten drei Jahre traurig gemacht hat, unendlich traurig gestimmt hat...

Das wird ein einmalig schöner Abend und ebenso eine wundervolle Mittsommernacht. Luisa tanzt mit dem schönen Mann, für den sie schon heimlich damals im College in Cambridge geschwärmt hat. Nur wusste er es nicht. Und sie selbst auch nicht.

Dann kam das Leben.

Schicksalsschläge

Das Ereignis

In Luisas Leben gibt es ein besonderes Ereignis, nach dem nichts mehr so war, wie es vorher war. Ihr Mann Wolf von Dostojewski und sie hatten gemeinsam mit ihrer Tochter noch große Pläne. Sie wollten die Welt sehen. Zunächst einmal wollten sie mit einer Rundreise durch Europa mit der Bahn beginnen. Im nächsten Sommer. ..
Sie hatten so schöne Träume. Als sie eines Abends Bücher und Kataloge wälzten, meldete sich plötzlich ihre Hündin Emma.

Wolf nahm die rote Leine, um mit Emma Gassi zu gehen. Er trat aus dem Haus, schaute nach rechts und links, kein Auto war zu sehen. Noch einmal drehte er sich um, um Luisa zu winken, wie er dies jeden Abend vor dem Gassigehen tat. Luisa stand an der Haustür.

Dann plötzlich wie aus dem Nichts kam ein rotes Auto angerast.
Wolf hatte keine Chance. Laute Geräusche. Ein Knall. Zusammenprall.
Der Rettungsdienst konnte nichts mehr für ihn tun.

Ein schlimmer Unfall. Nichts war mehr, wie es einmal war.
War das wirklich ein Unfall, wie er fast jeden Tag passiert. In Bonn? In Deutschland? Irgendwo sonst auf der Welt.

Luisa fragte sich: 'War Wolf unachtsam, weil ich so viele Wünsche hatte. Weil ich überall hinfahren wollte, und er vielleicht etwas mehr Muße und Ruhe wünschte?'
Kurz bevor er ging, wollte er ihr noch etwas Wichtiges sagen...
Was war das?

Drei Jahre später
Luisa fährt mit ihrer Tochter nach Großenbrode.

Die Krankheit

Manchmal ändert sich das Leben von einem Tag auf den anderen. Bisweilen wie ein Paukenschlag, wie ein Taifun. Oder die Veränderung kommt schleichend. Wie eine Giftschlange, die ihr Gift im ganzen Körper versprüht.

Die junge Familie Lacoste war glücklich. So glücklich, dass Ariana und Louis planten, noch ein Kind zu haben. Sie wünschten sich ein Mädchen.

Doch dann kam die Giftschlange. Ariana war oft müde. Während sie ihren heiß geliebten Beruf als Radiomoderatorin ausübte, hatte sie plötzlich Aussetzer. Für Sekunden. Ihr Kopf sank herunter, sie schlief ein. Sekundenschlaf. Ihre freundliche Kollegin übernahm das Mikrofon und sprang ein.
Dann plötzlich die schreckliche Diagnose. Krebs. Wie ein Gewitter mit Sturm und Regen und Blitzen.

Ariana hatte nur einen Gedanken. Weiterleben und durchhalten, bis Jean-Marc aufs Gymnasium kommt. Sie wollte für ihren Sohn da sein und ihm ihre Gedanken, ihre Lebensphilosophie für sein weiteres Leben mitgeben.
Sie arbeitete von nun an weniger Stunden in der Woche. Erst reduzierte sie auf 50 % , dann auf 40 %. Louis sprang immer mehr im Haushalt ein, half ihr bei vielen Dingen. Und versuchte, ihr das Leben schön zu machen. Oft brachte er wunderschöne Blumen mit: rosa Rosen und weiße Margeriten, die sie so liebte.
Er schenkte ihr eine kleine Palme für den Garten als Erinnerung an einen wunderbaren Italien-Urlaub, den sie gemeinsam an der Blumenriviera verbracht hatten. Ariana hegte und pflegte die junge Palme und freute sich über jedes neue Blatt.

So vergingen die Tage, die Monate. Ariana genoss jeden Tag, den sie einigermaßen schmerzfrei verbrachte...

WhatsApp für Dich
von Jean-Marc an Marie -Fleur

Die zweite Flaschenpost haben wir immer noch nicht gefunden. Sie ist für meinen Vater gedacht. Sehr oft gehe ich mit ihm an der Promenade entlang bis ans Ende, bis zur Mole, bis zum Yachthafen. Auch zur anderen Seite vom Strandpark aus in Richtung Reetdachhäuser gehen wir oft. Vielleicht ist die Flasche ja abgetrieben worden. Oder jemand anderes hat sie gefunden und nicht darauf reagiert. Oder er hat sie sogar weggeworfen. Vielleicht wieder ins Meer... Wer weiß?

Dann plötzlich – es ist ein herrlicher Sommertag – erscheint eine Nachricht auf dem Display des Smartphones von Marie Fleur:

„Ich habe die Flaschenpost gefunden und würde Deine Mutter gerne kennenlernen."

Marie Fleur ist überrascht und entsetzt zugleich. Wer ist denn das? Was nun? Sie schickt die Nachricht weiter an Jean-Marc.
Dieser meint:
„Abwarten. Erst mal nicht antworten. Wir können ja noch eine zweite Flaschenpost losschicken, die dann hoffentlich mein Vater findet. Was denkst du?
Hoffen wir, dass es diesmal funktioniert."

„Ja, das können wir gerne machen", antwortet Marie Fleur.

Nachdenkliches Gespräch

Vorher führen die beiden Jugendlichen noch ein nachdenkliches Gespräch:
„Weißt du, was mir aufgefallen ist, Marie? Deine Mutti ist in einem Moment lustig und lacht und dann ganz plötzlich schaut sie ganz traurig vor sich hin. Als ob sie woanders ist. Sie schaut auf das Meer. Ich kenne diesen Blick von meinem Papa."

„Wann hat dein Papa diesen Blick? Was bedeutet er?", entgegnet Marie.

„Er hat diesen Blick, wenn er allein ist. 'Allein' kann nicht sein, denkt Jean-Marc laut. Ich glaube, wenn er einsam ist. Innerlich einsam."

Marie Fleur stützt ihren Kopf auf die linke Hand:
„Da liegst du richtig, du junger Philosoph! So ist es auch bei meiner Mami."

Und es hat geklappt. Louis und Luisa sind verabredet, ohne zu wissen, dass sie ganz nah beieinander wohnen. Oder ahnen sie etwas?

Ohne zu wissen, dass sie sich bereits hier in Großenbrode begegnet sind.

Spannendes Rendez-Vous

Auf der Seebrücke treffen sie sich. Sie schauen sich an. Fragend und freudig zugleich.

Louis: „Seitdem ich dich, du meine Liebe aus Cambridge, nach so vielen Jahren wiedergetroffen habe, ist all meine Last von mir gefallen. Ich fühle mich wie befreit. Befreit von der ach so traurigen Vergangenheit. Diesmal werde ich kämpfen. Damals in Cambridge, als wir Studenten waren, hat der Platzhirsch Max dich mir weggeschnappt. Ich war total verliebt in dich und bin es jetzt noch. Ich weiß noch, wie du damals an einem Samstag zur 'Miss Fridaybridge' gewählt wurdest. Wie Max dich zum Tanz aufgefordert hat. Und dann war alles vorbei. Du hast nur noch Augen für Max gehabt . Ihr habt den ganzen Abend miteinander getanzt..."

Luisa: „Das habe ich damals gar nicht gemerkt. Du hast mir auch gefallen. Doch du warst so zurückhaltend. Und ich dachte, du hast bestimmt eine feste Freundin in Frankreich. So habe ich nicht versucht, mit dir zu flirten."

Während Luisa dies sagt, schaut sie sich heimlich um und schaut zur Seebrücke zurück. Was entdeckt sie da? Zwei Junge Leute, ein Mädchen und ein Junge. Der Junge hat ein Fernglas in der Hand.
Da nimmt Luisa schnell die Hand von Louis. So schlendern sie denn Hand in Hand auf der Promenade am Südstrand. Plötzlich bleibt Louis stehen, schaut ihr tief in die Augen und gibt ihr einen langen Kuss.

Was werden die Kinder wohl jetzt denken? Werden sie denken, dass ihr Plan geklappt hat?

Louis schaut Luisa unentwegt an.

„Weißt du, das ist das erste Mal, das ich mich verliebt habe, seitdem meine Frau nicht mehr lebt. Es ist so schön, wieder Schmetterlinge im Bauch zu haben. Seitdem ich dich von unserem Fenster aus in eurer Ferienwohnung entdeckt habe, bin ich hin und weg. Eure Parson Russell Hündin Emma finde ich auch ganz süß. Toll, dass wir beide diese lebhaften, verspielten Hunde so mögen. Diese kleinen Hunde mit einem großen Herz. Ich bin so glücklich, dass ihr auch nach Großenbrode gefahren seid."

Luisa kneift ihre Nase zusammen und schaut Louis mit einem schelmischen Blick an.

„Ich bin auch glücklich. Und ein bisschen verliebt. Mit kleinen Schmetterlingen im Bauch!" Dabei formt sie mit ihren Fingern ein Herz. Da ist ein kleines Haus, hinter das Louis seine neu entdeckte Liebe zieht, Dies, damit die Kinder sie beide nicht sehen können.

Als sie dort sind, zieht der Mann die Frau an sich und gibt ihr erneut einen langen innigen Kuss! Und umarmt sie leidenschaftlich.

Dann stürmen sie in Richtung *Wolke 7*. In der Hoffnung, dass die Jugendlichen nichts mitbekommen.

Wilde Umarmungen , Knutschereien.

Mehr — immer mehr...

„Das geht mir alles zu schnell!", meint Luisa plötzlich und unterbricht die Schmusereien abrupt.

„Einverstanden. Dann lassen wir es langsam angehen", entgegnet Louis verständnisvoll.

Dîner zu Viert

Louis Lacoste hat eine gute Idee:
„Lasst uns doch alle vier Essen gehen. Mein Vorschlag: im *Nordlicht* mit Blick auf die Seebrücke und den abendlichen Strand. Habt ihr andere Vorschläge?"

Nach einigem Hin und Her landen die Vier schließlich wieder im *Nordlicht*. Und bei frischem Ostseedorsch mit Kartoffeln und Butter und einem frischen Gartensalat.
Und genießen den rosa Abendhimmel am Meer.

Schließlich kommen sie auf die Bewegung Friday for Future zu sprechen.
Plötzlich wirft Jean-Marc eine Frage in die Runde.

Friday for Future
„Was ist, wenn die von allen geliebte Möwe Emma stirbt?"

Spätestens dann werden die Bürger Großenbrodes und die Feriengäste ans Nachdenken kommen.

Was bedeutet der Name 'Emma'?
Jean-Marc gibt einige Hintergrundinformationen, die er im Internet gefunden hat:

Emma ist ein altdeutscher weiblicher Vorname.
Er bedeutet „die Göttliche", „die Große".
Dieser Name hat einen gewissen Wohlklang. Von 10 000 Vornamen nimmt er Rang 2010 ein.

Personen mit dem Vornamen EMMA sind:

==== freundlich
==== zuverlässig
==== lustig
==== intelligent
==== interessant
==== attraktiv
==== sportlich

Abkürzung: Emmi

======== Schild mit Emma

Jean-Marc:
„Ich denke, wenn wir ein großes Schild mit einem Bild von unserer Großenbroder Möwe Emma mit uns führen, dann werden die Passanten aufmerksam."

Am nächsten Freitag – dem Tag der weltweiten Demonstrationen – kommen sie alle – auch in Großenbrode: circa 2000 Einwohner und 10 Mal so viel Touristen.

Alle wünschen sich einen pfleglichen Umgang mit der Natur! Wer hätte das gedacht, das selbst in einem weit entfernten Dorf an der Ostsee, gleichsam am Ende der Welt, so viele Menschen die gleichen Wünsche haben! Eine lange Menschenschlange zieht am Strand entlang, immer den Blick auf das Meer gerichtet.

Sehnsucht

In Bonn hat der Herbst begonnen. Was für uns das Wichtigste ist, ist, noch einmal die Weite an der Ostsee zu sehen, zu spüren, zu schmecken, zu riechen.
Salz in der Luft. Das unendliche Meer bis zum Horizont.
Hier am Rhein ist alles endlich. Das gegenüberliegende Ufer, der Rhein bis zur nächsten Krümmung , der Blick zum Siebengebirge... alles hat ein Ende , eine Grenze.

Während ich an meinem Ostsee-Roman weiterschreibe, packt mich die große Sehnsucht. Sehnsucht nach der Ferne: Fernweh.

Dies obwohl es hier auch wunderschön ist. Meine Spaziergänge mit unserem Parson Russell Asterix zum Rhein und zu den Feldern, unweit von der Grenze zu Rheinland-Pfalz, genieße ich sehr. Bisweilen fahren wir auch nach Bad Godesberg, eine kleine Stadt am Rhein.

Traurig ist, dass ich meistens alleine mit Asterix unterwegs bin, da mein Mann nach einer schweren Krankheit das Laufen wieder neu lernen muss.
Auch unsere Reisepläne sind in weite Ferne gerückt...
Traurig , traurig, unendlich traurig.
Manchmal bin ich melancholisch.

Wenn ich dann an meinem Roman schreibe, geht es mir besser. Ich kann neuen Mut schöpfen, um meine schwierige Aufgabe zu meistern.

Eine Tasse Tee mit Meerblick

Am nächsten Tag treffen sich Louis Lacoste und Luisa Lindholm im Café *Vaida* vor der Mole. Beide bestellen eine Tasse englischen Tee und dazu jeweils ein leckeres Stück Mandarinentorte auf Sahnecreme. Sie nehmen auf den hübschen weißen Stühlen in dem einfallsreichen Ambiente Platz. Der Blick aufs Meer ist einfach wundervoll.

Unendlich weit das blaue Meer. Einige Surfer und kleine Segelboote in Rosa und Rot sowie in Blautönen bilden bunte Farbtupfer auf der See. Luisa schaut verträumt in die Ferne. Manchmal muss sie unwillkürlich an ihren verstorbenen Mann Wolf denken. Wie würde ihr Leben jetzt aussehen, wenn er noch da wäre? Wenn sie nicht diesen heftigen Streit gehabt hätten...
Wird sie jemals eine Antwort auf diese Fragen finden?

Die Unendlichkeit des Meeres scheint viele Menschen zu tiefgründigen Gedanken anzuregen.
Auch Louis schaut verträumt in die Weite und sinniert vor sich hin.
Er denkt an seine Frau Ariana im Himmel. Und an ihre letzten Worte, die er laut sagt:
„Louis, ich wünsche dir, dass du eine liebe Frau findest. Eine Frau, die dich versteht, eine Frau, bei der du dich wohlfühlst. Angekommen – angenommen. Eine Frau, die unserem Sohn Jean-Marc eine liebevolle, fürsorgliche Mutter sein kann und sein wird.

Luisa hört aufmerksam zu und weiß, dass sie diese Worte nie vergessen wird.

Heimat – Zweite Heimat

„Was bedeutet für dich der Begriff **Heimat**", fragt der sympathische Franzose ganz spontan, als die beiden Verliebten gemütlich, Händchen haltend in der Lounge, umgeben von Palmen, am Meer sitzen. Die Atmosphäre ist ein wenig wie in Italien. Es ist auch so warm wie im Süden. Gleißender Sonnenschein — romantische Musik, gespielt auf einer Gitarre von einem jungen Hippie mit dunklen Locken.

Spontan mit einem Lächeln im Gesicht und gleichzeitig einer nachdenklichen Miene antwortet Luisa Lindström:

„**Heimat** ist da, wo ich am liebsten bin. Da, wo meine Familie ist, wo meine Freunde sind, wo ich mich wohlfühle. Das ist für mich, aus dem Bauch heraus gesagt, **Bonn**. Dies obwohl ich in Berlin, einer wahren Großstadt, aufgewachsen bin. Aber Bonn, diese gemütliche Universitätsstadt am Rhein, gibt mir Ruhe und Geborgenheit.

Aber es gibt noch einen Sehnsuchtsort. Einen Ort, an dem ich gerne öfter wäre. Rate mal, welcher Ort das ist. Hast du auch einen Sehnsuchtsort. Einen Ort, von dem du oft träumst?"

Louis stützt sein Kinn auf die rechte Hand, schaut nachdenklich und tiefgründig auf das Meer so, als würde er dort in der Ferne die Antwort entdecken.

„Ich weiß es! Das ist für uns beide Großenbrode! Könntest du dir vorstellen, hier für immer zu wohnen, zu leben?"

Zärtlich nimmt Louis die Hand von Luisa und schaut ihr tief in die Augen.
„Schau mich nicht so an!", meint die Übersetzerin. Und dann folgt ein deutliches : „Ja!".

Überall in Deutschland und in Europa wird an jedem Freitag
Friday for Future für Klimaschutz demonstriert.
So auch hier in Großenbrode im hohen Norden.

Kinder beraten über das Klimaproblem
Wie kann jeder selbst Umweltsünden vermeiden?
Durch Verzicht auf:

1. **Auto fahren**
   besser: Busse und Bahnen
   - kurze Strecken bis 2 km laufen
   - Fahrrad fahren (nicht unbedingt E-Bike)
2. **Fliegen**
   Alternative: Bahn
   Nachtzüge sind sehr im Kommen.
   Am nächsten Morgen ist man direkt am Zielort -
   man spart eine Nacht im Hotel.
   === Dienstliche Flüge können durch Videokonferenzen
   vermieden werden
3. Finger weg von **Laubbläsern und Laubsaugern**
4. **Plastikfrei reisen**
5. **Stadtbäumen durch die Trockenheit helfen**
6. **Insektenfreundliches Einkaufen: Bio und regional**
7. **Bewässerung ohne Gift = PVC-freie**
   Gartenschläuche – Regenwasser verwenden
   Rasen länger wachsen lassen

Das sind einige Punkte, um den Klimawandel aufzuhalten.
==== Empfehlung der Gruppe „Friday for Emma"   64

Gespräch über die verlorenen Partner – Auf der Suche nach der verlorenen Zeit...

Als Luisa und Louis wieder einmal an ihrem Lieblingsplatz mit den zwei Bänken sitzen und auf das Meer schauen, geschieht etwas Unerwartetes.
Ganz plötzlich fragt Louis:
„Erzähl mit etwas von dir. Von dem Zusammenleben mit deinem Mann. Wie war dein Mann?"

„Mein Mann Wolf war sehr lieb, fast immer freundlich, naturverbunden und vor allem reiselustig. Er liebte fremde Städte, kleine und große, er liebte fremde Länder und Kontinente. Nach 6 – 8 Wochen Aufenthalt zu Hause zog es ihn stets an einen anderen Ort. Einen Großteil unserer Reisen unternahmen wir mit dem Zug. Gern erinnere ich mich besonders an unsere 5tägige Reise nach Rom. Da ich auf dem Goethe-Gymnasium in Berlin zur Schule gegangen bin und mein Mann auch Goethes Gedichte und vor allem Goethes Faust mit Leidenschaft gelesen hatte, machte es uns Spaß, Orte in Rom aufzusuchen, an denen der große deutsche Dichter anlässlich seiner Italien-Reise gewesen war. Ich denke da an die Viale Goethe in der Villa Borghese zurück, die wir mehrmals entlang gegangen sind. Toll fanden wir auch beide zusammen im bekannten Café Greco unter dem Bild von Johann Wolfgang von Goethe zu sitzen und einenpresso mit leckeren Törtchen einzunehmen. Das waren erhebende Momente auf unserer Rom-Reise. Gern entdeckten wir eine Stadt auf den Spuren ihrer großen Dichter oder von Dichtern aus anderen Ländern, wie es Goethe aus Deutschland war."

„Das hast du anschaulich erzählt!", entgegnet Louis, „und ich kann mir eure gemeinsamen Szenen gut bildlich vorstellen!"

„Das freut mich", so Luisa, „wir hatten noch viel vor. Wolf war von Beruf Reisejournalist. Seine Geschichten, Artikel und Bücher schrieb er meist im Winter. Er liebte es, wenn es gemütlich war. Besonders die Zeit am späten Nachmittag, wenn die Sonne in sein Arbeitszimmer schien, inspirierte ihn."

Wir hatten eine gemeinsame Reise vor:
Polen – Warschau – Danzig - Krakau – Estland, Letland, Litauen – Russland. Ein bisschen zurück zu den Wurzeln. Wolf war in Schneidemühl, dem heutigen Piowa in Polen, geboren.

Auf seinem Schreibtisch tummelten sich Bücher, Landkarten, persönliche Aufzeichnungen und Fotos, Bilder seiner Großeltern. Auch ich freute mich riesig auf die Reise in Länder, die mir unbekannt waren und mich gerade deswegen besonders reizten.
Es sollte nicht sein. Nichts war mehr, wie es einmal war. Nichts war mehr, wie es einmal geplant war..."

Doch nun zu dir, Louis Lacoste:
„Erzähl mir etwas von deiner Frau. Was für ein Mensch war sie? War sie berufstätig?",

Nach einer minutenlangen Pause, die unendlich zu sein schien, meint der Franzose nachdenklich:
„Meine liebe Frau war Jean-Marc, unserem Sohn, eine fürsorgliche Mutter und mir eine liebende Ehefrau. Es ging uns gut. Ariana liebte die Natur genau wie ich. Das verband uns. Auch deswegen fuhren wir jeden Sommer und noch einmal im Herbst nach Großenbrode. Wir wollten uns dort ein kleines Häuschen, vielleicht im skandinavischen Stil, kaufen oder bauen. Mit zwei Kinderzimmern. Denn wir wünschten uns innigst ein zweites Kind, gerne ein Mädchen – eine Schwester für Jean-Marc.
Doch dann kam die böse Krankheit.

Von Beruf war Ariana Radiomoderatorin. Bekannt und berühmt war ihre Ariana-Lacoste--Show am Samstag Nachmittag.
Ein Wunschkonzert. Die Zuhörer wurden gebeten, zu ihren Wunschtiteln kleine Geschichten aus ihrem Leben zu erzählen. Die Sendung war sehr beliebt. Die Geschichten wurden sehr fantasiereich und lebhaft erzählt. Meine Frau wollte daraus ein Buch gestalten. Natürlich mit Einwilligung der Anrufer oder Erzähler. Doch dazu ist sie nicht mehr gekommen...
Traurig – unendlich traurig."

„Denkst du oft an deine Frau?", fragt Luisa.
„Ja, insbesondere hier in Großenbrode, wo wir häufig gemeinsam in Urlaub waren. Aber seitdem ich dich getroffen habe, passiert das weniger. Im Gegenteil, ich denke oft an dich, insbesondere am Abend vor dem Einschlafen !
Obwohl wir in Cambridge während unserer Zeit im College kaum miteinander gesprochen haben, war ich damals schon verliebt in dich."

Bei diesen Worten nimmt Louis Luisas Hand und legt seinen rechten Arm um sie.

Augenblicke des Glücks …

Dann in dieser nachdenklichen Stunde macht Louis plötzlich eine Bemerkung, die Luisa aufhorchen lässt und noch Stunden beschäftigen wird...:

„Das Leben ist wie eine Fahrt im Zug. Wir sind immer unterwegs. Manchmal steigen neue Menschen in den Zug ein. In unser Leben. Leute steigen ein und aus – manche bleiben länger – einige bleiben für immer. Mit einigen verbindet uns nur ein kurzes Erlebnis – manchmal nur eine Nacht. Mit anderen Menschen verbindet uns eine lebenslange Freundschaft.

Einige Begegnungen vergessen wir schnell – an andere müssen wir oft denken, obwohl wir die Menschen nicht mehr sehen und kaum noch eine Verbindung zu ihnen haben.

Hier eine E-Mail, da eine kurze Antwort bei WhatsApp. Früher schrieb man Briefe, Karten aus dem Urlaub, Weihnachts- und Osterkarten, Briefe zum Geburtstag. Doch leider wird das immer seltener in dieser schnelllebigen Zeit. Niemand hat mehr Zeit... Schade!

Einen handschriftlichen Brief zu schreiben: das ist etwas Besonderes... Und einen handschriftlichen Brief zu erhalten: das ist ein Höhepunkt — ein einmaliges Ereignis."

Weiter meint der philosophierende Franzose:
„Leider weiß ich nicht, wie lange du noch in meinem Zug bleibst. Ich wünschte für immer."

Luisa freut sich im tiefsten Innern. Das ist auch ihr innigster Wunsch.

Möwe Emma – was ist passiert?

Es ist ein herrlicher Sonnentag, als Marie Fleur gegen 8.15 Uhr in dem süßen Zimmer in der Ferienwohnung *Wolkenlos Wolke 7* aufwacht. Die Sonne scheint in ihr Gesicht. Fast gleichzeitig wacht Jean-Marc in der Wohnung gegenüber *Küstenzauber 7* auf. Beide freuen sich auf den geplanten Spaziergang zur Seebrücke, zur Möwe **Emma.** Um 9.15 Uhr sind sie vor dem Eingang des Hauses *Wolkenlos* verabredet.

Jeden Tag besuchen die beiden die Möwe Emma. Das ist ein festes Ritual geworden. Schon von weitem begrüßt Emma die beiden Jugendlichen mit lautem Geschrei. Emma mag die beiden und wartet jeden Tag auf sie. Niemand ahnt in diesem Augenblick, was passiert ist. Wie ein Hammerschlag! 68

Wie ein Hammerschlag auf den Kopf hat es wohl Emma getroffen. Heute hören die beiden kein lautes Geschrei. Emma sitzt nicht an ihrem gewohnten Platz vorne auf der linken Seite des Seebrückengeländers. Da sitzt heute niemand: keine Möwe, kein anderer Vogel...

Als die beiden Freunde dies bemerken, stürmen sie ohne ein Wort zu sagen, so schnell sie können, auf die Seebrücke zu. Katastrophe!

Was entdecken sie dort. Emma liegt leise wimmernd und fiepend wie ein winzig kleiner Hundewelpe auf dem Holzboden der Brücke. Fast leblos. Sie kann sich kaum noch bewegen. Nur der rechte Flügel versucht sich aufzubäumen und einen letzten Flügelschlag zu unternehmen. Dann fällt Emma zusammen.
„Tot. Ist die geliebte Möwe tot?", fragen sich die beiden Schüler im Stillen. Ja, in solchen Augenblicken werden die Menschen ganz still. Ein Gefühl der Ohnmacht überfällt sie.

Dann plötzlich meint das Mädchen: „Wir müssen etwas tun! Ich schlage vor, dass wir deinen Vater anrufen. Er ist zwar kein Ornitologe, aber als Meeresbiologe kennt er sich bestimmt auch mit Seevögeln aus. Zumindest findet er einen Weg, um Emma zu helfen.

Jean-Marcs Vater ist direkt am Handy, so als hätte er etwas geahnt. Viele Seevögel sind in Gefahr. Wenn sie zum Beispiel etwas fressen, ein Stückchen Brot oder so, an dem ein Plastikteilchen hängt, kann das Nanoplastikteil in ihren Magen geraten. Sie können daran sterben.

„Ich bin schon unterwegs", meint Louis. Nach einigen Minuten steht er mit seinen Erste-Hilfe-Koffer an der Seebrücke. Mit seinen feinen Werkzeugen gelingt es ihm — in aller Besonnenheit und Ruhe — den Fremdkörper aus der Kehle des Seevogels zu ziehen. Ganz zart und leise fängt Emma wieder an zu piepsen. Das ist wie ein Wunder!

Keiner hatte mehr daran geglaubt.

Doch Louis will sich eine zweite Meinung einholen und ruft eine ihm bekannte Ornitologin in Heiligenhafen an. Er ruft auch Luisa an, damit sie zu Emma und den traurigen Kindern kommt.

Die Ornitologin namens Eva-Lotte Vogel schaut sich Emma genau an, streichelt zart ihren Schnabel, das Gefieder, spricht ganz leise und lieb mit ihr. Irgendwann öffnet die Möwe ein Auge. Ein Wunder! Wunderbar! Alle schauen sich erleichtert an. Auch Luisa ist inzwischen eingetroffen. Traurig schaut sie auf die schöne Möwe, die nun sehr krank wirkt...

„Ich werde Emma für 2-3 Tage zu mir nach Hause nehmen, beobachten und aufpäppeln", meint die Ornitologin plötzlich.

Jean-Marc ist neugierig: „Was frisst Emma denn jetzt am besten?"
— „Ich werde es mit Wattwürmern versuchen. Dann vielleicht mit Krabben und eventuell mit zarter Hühnerbrühe. Das gibt ihr Kraft!"

„Wie sind Emmas Aussichten, vollkommen gesund zu werden?", fragt der Meeresbiologe Louis sorgenvoll und hoffnungsvoll zugleich.

„Wir müssen die Nacht abwarten. Wenn es ihr morgen gut geht, dann ist unsere liebe Möwe über den Berg", so Eva-Lotte Vogel.

„Dann wünschen wir euch beiden, das heißt, dir, Lotte, und Emma, der Möwe, eine ruhige, erholsame Nacht", meint Louis, und die Kinder stimmen zu.

Die Ornitologin wickelt die Möwe ganz behutsam in ein weißes Tuch, legt sie dann in einen rosa Korb aus Naturrattan und stellt diesen sorgsam auf den hinteren rechten Sitz in ihrem kleinen blauen Elektroauto. Die kleine Gruppe winkt mit viel Hoffnung und guten Wünschen durch die Nacht.

Nach diesem traurigen Ereignis können die vier noch nicht auseinandergehen. So führt sie ihr Weg denn in die kleine Eisdiele mit Meerblick. Ein warmer Kakao mit viel Schlagsahne tut jetzt gut, um das Erlebte zu verarbeiten und innerlich ruhig zu werden.

Auf dem Weg zum Strandpark nimmt Louis ganz vorsichtig und verstohlen Luisas Hand. Marie Fleur und Jean-Marc gehen voller Besonnenheit in Richtung Ferienwohnungen.

Als sie angekommen sind, ist es dunkel. Viele Sterne leuchten am Himmel. Am Ende des Tages umarmen sie einander — alle vier. Traurige Erlebnisse schweißen zusammen.

Am nächsten Tag, als Louis zum Südstrand geht, um frische Brötchen für das gemeinsam geplante Frühstück zu holen, macht er eine merkwürdige Entdeckung.

Wer sitzt denn da auf Emmas Platz auf der Seebrücke in Großenbrode? Louis ist sprachlos....

Da sitzt — genau an Emmas Platz — eine andere Möwe. An dem langen, besonders kräftigen Schnabel erkennt der Meeresbiologe, dass der neu aufgetauchte Seevogel ein Männchen ist.

Schnellen Schrittes eilt er zur Strandvilla *Wolkenlos* in die Wohnung *Wolke 7*, wo die anderen drei schon warten.

Mit einer freudigen Nachricht:
Die Ornitologin hat auf WhatsApp geschrieben:
„Alles ist gut! Emma geht es gut!"
„Mega!", meint Louis und verkündet gleichzeitig die tolle Nachricht, dass ein potentieller Bräutigam auf der Seebrücke auf Emma wartet. Eine neue Möwen-Familie — das wäre super für Großenbrode, das

Familienbad! Nun müssen die Vier noch einen passenden Namen für den Verehrer finden. Oder die Bürger und Touristen abstimmen lassen.

Nach all der Aufregung macht Louis Lacoste einen Vorschlag. Last uns alle zusammen beim Italiener essen gehen.

„Ich möchte eine Riesenportion Spaghetti mit Tomatensoße und Oliven!", ruft Jean-Marc.

„Und ich eine leckere Pizza mit Käse, frischer Tomatensoße und Garnelen. Dazu frisch gebackene Knoblauch-Bruscetta!", freut sich Marie.

Das wird ein besonders schöner Abend. Luisa und Louis sitzen nebeneinander. Heimlich, still und leise rückt Luisa ein Stückchen näher an Louis und noch ein Stückchen... Ist das Liebe?

Unerwartete Reise zum Institut für Meeresbiologie

Plötzlich erhält der Meeresbiologe den dienstlichen Auftrag, sofort in sein Institut für Meeresbiologie in Kiel zu kommen.
Notfall! Dringend!

Alle sind traurig. Insbesondere Jean-Marc, der seinen Vater natürlich begleiten muss, denn alleine kann er nicht in der Ferienwohnung bleiben. Aber es geht ja nur um 2 bis 3 Tage. Dann werden die beiden wieder zurück sein.

Während seines Aufenhaltes in Großenbrode hatte Louis Lacoste Proben aus dem Meer entnommen. Wasserproben und Pflanzenproben. An mehreren Stellen am Südstrand und am Weststrand sowie aus der Ostsee an verschiedenen Orten um Fehmarn. Dies um Vergleiche anzustellen zwischen den stark besuchten und den weniger besuchten Strandabschnitten. Interessant sind sicher auch die Stichproben von total einsamen Stellen.

Sobald Louis Lacoste diese Proben gemeinsam mit der Laborantin des Instituts ausgewertet hat, wird er einen Vortrag über die Ergebnisse vor einem gemischten ökologisch-ökonomischen Gremium halten.

Am nächsten Tag fahren Louis Lacoste und sein Sohn als Umweltschützer natürlich mit dem Zug nach Kiel. Luisa ist traurig. Begann sie doch gerade, zarte Gefühle für den smarten Franzosen zu entwickeln. Der gestrige Tag war wunderschön. Es könnte immer so weitergehen.
„Ich möchte nie woanders sein als hier mit dir", dieses Lied geht ihr nicht aus dem Kopf.

Lübeck

Die Wahl-Bonnerin, ursprünglich Berlinerin, geht an dem Tag von Louis Abreise mit ihrer Tochter zur Surfschule, da Marie den Wunsch geäußert hat, wie gewohnt dorthin zu gehen. Sie liebt den Sport in der freien Natur, vor allem am Meer in der Sonne und im Wind. Ole Johannson, der sportliche, drahtige Surflehrer, winkt den beiden Frauen schon von weitem zu. Vor Freude strahlend, läuft er ihnen entgegen. Mit einem breiten Lachen begrüßt er die beiden Damen:

„Lust auf eine Tasse Cappuccino oder heiße Schokolade?", fragt er schmunzelnd und hoffnungsvoll.

„Ja, gerne", sagt Marie ein wenig zögernd mit einem Blick auf ihre Frau Mama.
„Auch gerne!", antwortet Luisa.
Im Strandcafé *Vaida* sitzen die drei gemütlich beisammen. Der junge Surfer schaut Luisa verliebt an und macht einen überraschenden Vorschlag:

„Wart Ihr schon in Lübeck?", seine Frage. „Das ist gar nicht weit mit dem Zug. Etwa 80 km von Großenbrode entfernt. Eine spannende und erlebnisreiche Zugfahrt..."

„Da kommen wir gerne mit", freut sich Marie Fleur mit einem Flunkern in den Augen. „Das ist doch die Stadt von Thomas Mann. Dort spielt sein bekannter Roman 'Die Buddenbrocks' – die Geschichte einer Kaufmannsfamilie, die wir gerade in der Schule lesen und besprechen. Das passt! Wann fahren wir?" -

Nachdenklich und zögerlich schaut Luisa den jungen Mann an. Da sie Lust auf eine Stadt mit Geschäften, Cafés und buntem Treiben hat, nickt sie dann doch zustimmend.

Am nächsten Tag geht es los. Luisa liebt es, mit dem Zug zu fahren. Das ist jedes Mal ein unbekanntes Erlebnis, eine Fahrt an einen Ort, den sie noch nicht kennt oder mit dem sie eine besondere Erinnerung verbindet... Allein das Zugfahren, vielleicht im Bistro eine Tasse Cappuccino oder Espresso zu trinken, ein Croissant oder ein Stück Kuchen zu naschen, das gehört zu den süßen kleinen Erlebnissen für die Bonnerin. Zufrieden und fast glücklich lächelt Ole sie an. Er wäre doch so gerne mit ihr befreundet und vielleicht mehr...

Von weitem entdecken die drei das berühmte Holsten Tor in Lübeck. Bei herrlichem Sonnenschein erkunden sie die norddeutsche Hansestadt. Der junge, unternehmungslustige Surfer zeigt ihnen das Thomas-Mann-Haus. Ein Jugendstilhaus. Leichte Möbel, schön eingerichtet, nicht überladen, keine voluminösen Schrankwände oder Riesensofas – alles eher zierlich und edel.

„So einen Blick in das Leben eines großen deutschen Schriftstellers zu werfen, das finde ich total interessant", meint Marie Fleur begeistert.

„Ich würde euch ebenfalls gerne meine Heimatstadt Hamburg zeigen. Es wäre schön, wenn ihr mich in der Stadt an der Elbe besuchen könntet, vielleicht für ein verlängertes Wochenende. Kennt ihr das Elphi, unsere neue Philharmonie, schon?"

Mit einem neugierigen Flunkern in den braunen Augen entgegnet Luisa: „Leider nein. Dort ein Konzert zu hören, muss herrlich sein. Ein Traum von mir!"

Ole Johannson: „Ein Traum, der Wirklichkeit werden kann..."

WhatsApp an Luisa

Wie soll das weitergehen? Kaum hab' ich Dich verlassen, vermisse ich Dich schon, meine heimliche Geliebte. Wir haben ja noch alle Zeit der Welt... Jede Minute denke ich an unser Wiedersehen.

WhatsApp an Louis

Ich vermisse Dich auch, obwohl ich das nicht will. Ich brauche noch Zeit, um meinen Schmerz zu überwinden. Da sind immer wieder die Gedanken an meinen verstorbenen Mann Wolf. Kann ich das je überwinden? Wie ist es bei Dir?
Antwort von Louis:
Oft geht es mir ähnlich. Habe ich doch meine Frau sehr geliebt und konnte sie kaum von mir gehen lassen. Doch dann tröste ich mich damit, dass wir insgesamt ein gutes Leben hatten – bis zum Ausbruch ihrer schweren Krankheit. Auch dann habe ich versucht, es ihr beziehungsweise uns besonders schön zu machen.

Nach einer wunderbaren Zeit in Großenbrode heißt es für Luisa und ihre Tochter Abschied nehmen. Die Ferien sind zu Ende: die Schule beginnt wieder und für Luisa der Alltag im Beruf. Mit herrlichen, aber auch ernsthaften Erinnerungen geht es wieder zurück in das tägliche Leben zu Hause in Bonn. Natürlich wieder mit der Bahn. Die Rückfahrt – erst mit dem Anrufbus nach Oldenburg und dann mit dem durchgehenden Zug nach Bonn verläuft stressfrei.

Lesezeit. Zwischendurch ein Besuch im Bistro, wo die beiden Kuchen essen und Kaffee beziehungsweise Kakao trinken und aus den großen Fenstern die abwechslungsreiche Landschaft betrachten.

Wiesen – Felder – ab und zu ein Bauernhof mit frei laufenden Hühnern, Kühen und Schweinen – kleine Dörfer – Wäldchen.

Auch die Parson Russell Hündin *Emma* genießt die für sie stressfreie Zeit. Hier gibt es kaum etwas zu schnüffeln. Und so legt sie sich denn auf ihr rosa Kissen und träumt. Was Hunde wohl so träumen mögen: Vielleicht von einer Schnitte mit Leberwurst oder einem Schälchen mit Farfalle-Nudeln, die Emma so liebt...

Oder von einem tollen Rüden, der ihr ein Küsschen gibt. Vielleicht ist es Robin, von dem Emma träumt...

Katastrophe

Wieder in Bonn angekommen, entdeckt Luisa zufällig das Handy von ihrem verstorbenen Mann. Soll sie da hinein schauen – ja oder nein. Sie wagt einen ersten Blick.

Da entdeckt sie einen Satz, der sie zur Verzweiflung bringt. Geschrieben von einer anderen Frau:

„Wenn ich dich nicht bekomme, dann soll auch keine andere dich bekommen! Wenn nicht mit mir, sollst du mit keiner anderen leben.
Hatte ihr Mann eine Geliebte? Davon wusste sie nichts. Und hat nichts gemerkt. Vielleicht ein One-Night-Stand? Auf einer seiner Reisen als Reisejournalist? Oder etwas Ernstes?
Tausend Gedanken springen Luisa durch den Kopf.

Ist das ein Mordmotiv?? Wer tut so etwas?
Auf jeden Fall muss sie zur Polizei gehen und die Handy-Notiz zeigen. Oder ist das ein Fake?

Das ist eine neue Wende in dem ursprünglich als Verkehrsunfall eingestuften Ereignis. Die Polizei wertet das Handy von Luisas Mann aus. Offensichtlich hat diese Frau ihn gestalkt. Ihr Deckname „Belle Inconnue = Schöne Unbekannte". Immer wieder hat sie ihm kleine Nachrichten per WhatsApp oder auch als E-Mail geschickt. Manchmal nur ein Wort wie 'Liebster' oder ein Satz wie 'I love you', bisweilen nur ein Herz oder ein Symbol von roten Lippen. Wolf, der treue Ehemann, hat all diese Zeichen sofort gelöscht. Doch der gute Computer-Fachmann bei der Bonner Polizei konnte alle Nachrichten wiederfinden.
Es bleibt die Frage: Wer steckt dahinter? Wer ist diese Unbekannte, diese geheimnisvolle Frau? Haben die beiden sich gekannt?
Diese Frage stellt sich auch Luisa.

Warum hat ihr Mann ihr nichts davon erzählt? War es total unwichtig für ihn, und hat er die Nachrichten direkt weggeklickt? Das war sicher so der Fall, denn er hatte in seinem Beruf viel zu tun, viele Terminsachen. So hatte er diese Nachrichten sicher für unwichtig gehalten, sie als Fake-Meldungen eingestuft.

Überraschung

Luisa Lindholm geht vieles durch den Kopf. Was war damals vor mehr als 3 Jahren? Wahr ihr Mann untreu? War der Unfall ein Zufall? War die Auseinandersetzung, die ihr Mann und sie vorher hatten, schuld an dem Tod ihres Mannes?
Das alles ist ja nun schon einige Zeit her. Ist das noch wichtig?, fragt sich Luisa im Stillen.

Doch wichtig ist: Was ist heute? Was ist im Hier und Jetzt?

Spontan nimmt sie ihr Handy zur Hand und schreibt eine WhatsApp an Louis Lacoste:

„Ich habe Sehnsucht. Sehnsucht nach dir. Nach deinem Streicheln. Nach deinem zarten Kuss. Sehnsucht nach Meer...mehr...

Am Kirchturm in diesem kleinen Ort am Rhein schlägt es 19.00 Uhr. Luisa sitzt in ihrem rosa Sessel. Mit dem Hocker dazu hat sie es sich bequem gemacht – wie eine gemütliche Liege. Auf dem Beistelltisch: ein Cappuccino mit einem Schokoladenherz in der Mitte. Mürbeteigplätzchen. Nüsse. Konfekt. Sie lässt es sich gut gehen. Als Lektüre liest sie ihr Lieblingsbuch von Paulo Coelho: „Am Ufer des Rio Plato saß ich und weinte". Sie schaut in den Park gegenüber dem Fenster und träumt...
Luisa ist alleine. Ihre Tochter ist auf Klassenfahrt. So hat sie Zeit nachzudenken, zu träumen.   78

Da plötzlich klingelt es. Wer kann das denn sein? Sie erwartet niemanden. Vorsichtig schaut sie durch das kleine Seitenfenster in der Diele. Was sieht sie da? Einen großen Strauß rosa Rosen — dahinter ein schelmisches Lächeln — und wunderschöne blaue Augen.

Langsam öffnet sie die weiß-rosa Haustür. Das kann doch nicht wahr sein! Louis Lacoste. Vorbei an den Rosen gibt er ihr einen zarten und zugleich leidenschaftlichen Kuss. Dann überreicht er ihr die Rosen. Sie ist begeistert, weil er sich gemerkt hat, dass Rosa ihre Lieblingsfarbe ist.
Er schaut ihr tief in die Augen.
„Schau mich nicht so an...", meint Luisa mit einem tiefen Glücksgefühl.
Im Radio auf WDR2 läuft gerade ihr Lieblingslied:
'I need somebody to know.
I need somebody to hear
I need somebody to feel,
I need somebody to love.

„Möchtest Du ein Glas Rotwein trinken?" , fragt Luisa ihren unerwarteten Gast. — „Gerne".

Luisa kredenzt einen französischen Rotwein aus der Provence und dazu bietet sie leckere frisch gebackene Käse-Pizzettis an.

Das wird ein wunderschöner Abend.
„Je t'aime. Je t'adore. Je te désire...
Zarte, heftige, wilde Küsse...

Auf dem Weg zum großen französischen Bett lassen beide ihre Sachen fallen, die Schuhe stehen irgendwo herum...

Unterdessen liegt die Parson Russell Hündin Emma schlafend in ihrem Korb im Zimmer von Marie Fleur. Sie spitzt die Ohren und lauscht. Bleibt aber ruhig und mucksmäuschen still. Vielleicht spürt sie ja, wie wichtig dieser Augenblick für ihr Frauchen ist. Und gewissermaßen auch für sie als Haustier.

6 Wochen später.

Herbstferien — die Blätter fallen. Luisa und ihre Tochter sitzen gemütlich im Café *Lindentraum* an der evangelischen Erlöserkirche in Bonn-Rüngsdorf. Das ist ein Mutter-Tochter-Gespräch. In diesem hellen Ambiente mit viel Weiß und Shaby Chic Möbeln. Der selbst gebackene Kuchen schmeckt lecker zu dem Cappuccino mit einem wohl geformten Schokoladenherz oben drauf.

„Mami, was machen wir in den kommenden Herbstferien?", fragt Marie-Fleur gespannt mit einem Schmunzeln im Gesicht.

„Was schlägst Du vor?", so die Gegenfrage der Mutter.

„Wenn ich ehrlich bin, würde ich gerne wieder nach Großenbrode fahren. Unsere Klimaschutz-Gruppe war so nett! Es hat Spaß gemacht. Wir könnten wieder anläßlich 'Friday For Future ' auf der Strandpromenade demonstrieren. Vielleicht beteiligen sich ja die Touristen und die Einwohner."

„Ich bin einverstanden und werde heute noch die Ferienwohnung *Wolkenlos Wolke 7* buchen." Dies sagt Luisa in der Hoffnung, dass Louis Lacoste und Jean-Marc auch kommen...

Gibt es ein Wiedersehen in Großenbrode?

Heimlich, still und leise waren die Kinder Jean-Marc und Marie Fleur über einen eigenen WhatsApp-Chat in Verbindung geblieben. Und hatten ein erneutes Treffen für die Herbstferien verabredet, natürlich wieder in Großenbrode. Sie möchten doch die Pferde und Zicklein auf der Pferdewiese wiedersehen, die laut Berichten auf der Webseite von Großenbrode noch an der gleichen Stelle grasen sollen. Das wurde von vielen Einwohnern und Besuchern so gewünscht, vor allem im Internet auf der facebook-Seite von Großenbrode.

Und schließlich möchten sie die Möwe Emma wiedersehen und jeden Tag nach ihr schauen, ob sie gesund ist. Die beiden müssen doch dafür sorgen, dass sie kein Stück Plastikmüll frisst. Die beiden Jugendlichen sind auch gespannt, wie es dem Verehrer von Emma geht. Hat er inzwischen einen Namen? Gibt es ihn noch? Oder ist er weitergezogen? Vielleicht hat er eine andere Möwenbraut gefunden.

Um dies zu erfahren, schickt Jean-Marc eine WhatsApp an Pipi Langstrumpf, ein nettes Mädchen aus der Gruppe *Friday for Future* in Großenbrode.
Die Antwort lautet:
„Emmas Verehrer vom Sommer sitzt immer noch mit ihr gemeinsam auf der Seebrücke in Großenbrode. Wir in unserer WhatsApp-Gruppe schlagen den Namen Frederik für Emmas Liebhaber vor. Andere wiederum favorisieren den Namen Mr. Right. Was meint ihr? Wenn die beiden weiter so zärtlich und heftig schnäbeln, gibt es bald kleine Möwen in Großenbrode. Möwen-Welpen. Sagt man das so? Auf jeden Fall freuen wir uns riesig!"

Kurz vor Beginn der Herbstferien schickt Louis eine Mail an Luisa:
„Wir kommen auch wieder nach Großénbrode. Ich freue mich riesig, liebe Luisa, Dich wieder in meine Arme zu schließen!
Treffpunkt: Ort unserer ersten Begegnung. Unser Lieblingsplatz."
Die Zeit bis zu den Herbstferien vergeht schnell. Einige WhatsApp, E-Mails und bunte Fotos fliegen hin und her von Bonn nach Kiel.
Endlich ist es soweit.

Fahrt mit dem Zug an das Baltische Meer

Sie haben eine gute Fahrstrecke herausgefunden. Von Bonn mit dem IC nach Oldenburg . Von da aus mit dem Anrufbus, in dem man eine gewisse Zeit vorher die Plätze reservieren muss, nach Großenbrode Strandpark direkt vor die Ferienwohnung *Wolkenlos Wolke 7*. Insgesamt benötigt man dann ca. 6 Stunden, und die Fahrt ist sehr bequem ohne umsteigen. Mit Lesen, Schreiben, Spielen, Besuch des Bistros und Erzählen sowie Knuddeln von Hündin Emma ist die Zeit schnell vergangen.

Luisa hat nur einen Gedanken im Kopf: Sie wird Louis wiedersehen nach der aufregenden Nacht in Bonn.

Treffen am Lieblingsplatz

Nach der Ankunft in der Ferienwohnung beeilt sich Luisa, den Lieblingsplatz am Meer vom Sommer aufzusuchen. Von weitem sieht sie bereits Louis in einer royalblauen Jeans und einem weißen Polohemd. Ihr Herz schlägt wild und fängt an zu puckern. So groß ist die Vorfreude auf die geheimnisvolle Begegnung.

Eine wilde Umarmung — Küsse, die nicht enden wollen — ein leidenschaftliches Wiedersehen voller Zärtlichkeit.
Und wieder hat Louis etwas mitgebracht:
Eine Flasche französischen Rotwein, Tomaten-Bruscetta, ein Brett Käse mit Weintrauben dekoriert, ein Baguette-Brot, Oliven, Madeleines...

„Wenn wir beide das nächste Mal auf der Seebrücke sind, muss ich Dir eine wichtige Frage stellen...", sagt Louis plötzlich.

„Ich bin gespannt!", so die kurze Reaktion von Luisa.   82

Besuch bei den Pferden und Zicklein

Auf Vorschlag von Marie Fleur machen sich alle vier auf den Weg zu der Pferdewiese. Schon vom Esstisch aus hatte das Mädchen aus Bonn gesehen, dass die Pferde auf der Wiese sind. Es war im Gespräch, sie umzusiedeln, wie Marie bei Facebook gelesen hatte. Das wäre traurig. Die zuerst vorgesehene Weide war zu weit entfernt. Für die Kinder der Urlauber und auch für die Kinder der Mutter-Kind-Einrichtung *Miramar* ist das stets ein beliebtes Ausflugsziel. Ein wunderschöner Spaziergang führt sie dorthin.

Schön und beeindruckend finde ich, dass die Pferde hier bis zu ihrem letzten Tag leben dürfen. In Ruhe und Frieden. Oft haben sie als ehemalige Reitpferde viel Stress und Arbeit hinter sich.

„Ob die Pferde das alles so wollen, was manchmal mit ihnen geschieht, weil die Menschen es so wollen?", meint Luisa mit einem nachdenklichen Blick.

Louis stimmt ihr mit einem Kopfnicken zu.

Ist Schneewittchen noch da?, fragt Marie gespannt.

Ja, die Freude der Vier ist groß. Der wunderschöne Schimmel namens *Schnee*wittchen steht auf der Weide und zupft am Gras. Er äst das frische Gras mit Wohlgefallen.

Dann führt sie ihr Weg zu den Zicklein, die schon neugierig warten. Es hat den Anschein, dass sie sich über Besuch und Ansprache sehr freuen. Nur füttern soll man sie nicht. Das ist Aufgabe der Besitzer der Wiese, denn sie wissen, was den Tieren am besten mundet und bekommt.

Offensichtlich fühlen sich die Pferde und Zicklein hier sehr wohl.

Kapitel III

Im Hafen des Lebens

Das Momentum

Am nächsten Tag gehen Luisa und Louis mit den beiden Russells Emma und Robin Crusoe auf die Seebrücke.

Louis geht immer gerne bis zum Ende der Brücke, um den vollen Blick über die Ostsee zu genießen. Wegen der Hunde, die vorsichtig und furchtsam sind, bleibt Luisa am Anfang der Seebrücke stehen. Dort, wo die Möwe Emma sitzt und bisweilen ihr Bräutigam Frederik. Strahlend und mit Salz auf der Zunge kommt Louis zurück.

Ganz lieb und zärtlich schaut er Luisa mit seinen tiefblauen Augen an, nimmt ihre Hand und flüstert:
„Ich will mit dir alt werden. Willst du mich heiraten?"
Dann gibt er seiner Geliebten einen salzigen Kuss, der nicht enden will.
Irgendwann stupst Emma ihr Frauchen ans Bein und wird ungeduldig.
Sie möchte weiterlaufen und Robin auch.

„Ja, ich will!!!", ruft Luisa in die Weite des Meeres.

Die beiden Möwen schreien laut und vernehmlich, wohl um zu bekunden, dass sie einverstanden sind.

Ein wahres Spektakel!

Irgendwie passt das. Und es fühlt sich gut an.
Der Mann und die Frau lieben die Natur.
Sie setzen sich für Klimaschutz und Umweltschutz ganz allgemein ein.
Mitten in diesem feierlichen Momentum fällt Luisa ein Satz aus dem Buch „Der kleine Prinz" von Antoine de Saint Exupéry ein:

Liebe besteht nicht darin, dass man einander anschaut.
Sondern, dass man gemeinsam in dieselbe Richtung blickt.

6 Monate später.
Wieder auf der Seebrücke.

Hochzeit auf der Seebrücke in Großenbrode

Ein herrlicher Sonnentag. Ein Freitag im Juli 2019
Alle sind gekommen. Auch die Kinder und Jugendlichen der Gruppe:

Friday for Future.

Und auch die Großmütter:

Grandmas for Future.
Dorfbewohner. Und ein Pferd: *Schneewitchen*

Hauptpersonen sind:
Luisa Lindholm und Louis Lacoste
Marie Fleur und Jean-Marc
mit den Parson Russells Emma und Robin

Zaungäste oder besser gesagt Brückengäste:
Möwen Emma und Frederik, ihr Bräutigam

Trauzeugen:
Eva-Lotte Vogel, Ornitologin
Ole Johannson, Surfer und Physiotherapeut

Es ist früh am Morgen. Die Sonne geht gerade auf. Die Stimmung ist
einmalig schön. Das Rosé am Himmel harmoniert mit dem zarten Rosa
von Luisas langem Kleid aus feiner Viskose, die aussieht wie Seide.

Der Anzug von Louis Lacoste ist Meerblau, wie es die Augen von Louis Lacoste sind. Sein zartrosé Hemd passt sehr gut zu dem Kleid von Luisa.

Die Braut hält einen wunderschönen Blumenstrauß von zartrosa Rosen und weißen Margeriten in den Händen. Weil sie aufgeregt ist, umklammert sie diesen Strauß, gleichsam, um sich an ihm festzuhalten.
Was wird ihnen beiden die Zukunft bringen?
Einen neuen Anfang, der sie trägt — durch den Alltag und durch ihre Träume.

Beide schauen sich verliebt an. Sie schauen aber auch in eine Richtung. Sie schauen auf das Meer. Ihr gemeinsames Credo:

„Liebe besteht nicht darin, dass man einander anschaut. Sondern, dass man gemeinsam in dieselbe Richtung blickt", wie Antoine de Saint Exupéry so eindrucksvoll in seinem Buch „Der kleine Prinz" sagt.

Es erklingt leise Musik. Der junge Mann mit der Gitarre spielt und singt auf Französisch das Lied:

La Mer

Qu' on voit danser le long des golfs clairs
A des reflets d'argent
La mer
Des reflets changeants sous la pluie

Plötzlich ganz andere Geräusche. Pferdehufe. Wer ist denn das?
Wer kommt auf dem Schimmel, genannt Schneewittchen, daher?
In einem wehenden schwarzen Gewand.
Es ist der Standesbeamte des Dorfes.
Er vollzieht die Trauung.

„Willst du, Luisa Lindholm, den hier anwesenden Louis Lacoste zum Mann nehmen? In guten und in schlechten Zeiten? So antworte mit 'Ja'

Als er diese Worte sagt, fliegt die Möwe Emma über das Brautpaar und hinterlässt gleichsam als Geschenk ein kleines weißes Gebilde auf Luisas Kleid.

Luisa schmunzelt wohlwollend und sagt laut und deutlich:

„Ja".

Sie ist glücklich.

„Willst du, Louis Lacoste, die hier anwesende Luisa Lindholm zur Frau nehmen? In guten und in schlechten Zeiten? So antworte mit 'Ja'.
Louis sagt laut und deutlich: „Ja."

Der Standesbeamte zum frisch gebackenen Ehemann:
„Sie dürfen die Braut jetzt küssen!"

Das lässt Louis sich nicht zweimal sagen.
Er gibt seiner süßen Braut einen innigen Kuss, so innig, wie er dies bis jetzt noch nie getan hat.

Einen Kuss voller Liebe und Zukunft...

Jean-Marc meint, vor Freude strahlend:
„Nun sind wir eine Familie! Einfach toll, einfach mega!"

Marie Fleur stimmt mit einem vielversprechenden Lächeln zu.

Am Ufer des Rheins sitze ich mit meinem Mann und träume.
Träume von unserem Lieblingsplatz an der Ostsee.

Das Meer so unendlich weit.
Das Meer so wunderschön.

Wann ist es soweit?
Wann wird sich unser Wunsch erfüllen?

Was uns bleibt ist die Hoffnung...

Das Träumen in uns.

Weitere Bücher der Autorin Marlis E. Hornig

Romantisch — Spannend — Berührend

1.   Familienwolf Astix
Abenteuer eines Jack Russell Terriers
Astix erzählt uns sein erstes Lebensjahr: Babytage im Bauernhaus, Umzug zu seiner Menschenfamilie im rosa Haus am Park, Welpenschule, Freunde auf zwei und auf vier Beinen, gute und schlechte Erfahrungen und erste Abenteuer. Und die erste Liebe Simba. Mit schönen Fotos und persönlichen Tipps. *„Auf gut 150 liebevoll bebilderten Seiten lässt Marlis E. Hornig Astix, den Lustigen, zu Wort kommen...“*
Bonner General-Anzeiger

2.   Leo und Astix
Der Junge und der Hund
Ein Junge namens Leo. Ein kleiner Hund, ein Parson Russell Terrier, namens Astix. Zwei Freunde. Er erzählt uns seine spannenden und berührenden Abenteuer mit Leo und anderen Kindern. Und da ist wieder Simba, Astix' erste große Liebe...Kommissar Schnüffelnase Astix und der Junge Leo suchen nach der Wahrheit. 6 Orte: Bonn, Filzmoos in Österreich, Erfurt, Saint Malo in der Bretagne, Paris, Norderney. Schöne Farbfotos. Tipps zu „Kinder und Hunde"! *„Die Autorin will Kindern und Erwachsenen einen natürlichen Umgang mit Hunden und Katzen vermitteln. Dies ist die Geschichte einer wunderbaren Freundschaft."* **Blickpunkt Bonn**

3.   Hunde-Liebe
Ein Hund, die Natur und das Leben
In Bildern und Worten erzählt Astix, der Parson Russell Terrier, aus seinem Leben. Familie – Freunde und Liebeleien. Sprüche und kleine Gedichte begleiten die Bilder und Texte. Eine Hommage an einen Hund, die Natur und das Leben. Mit zahlreichen Farbfotografien von Hunden, Menschen und Landschaften – am Rhein und am Meer! Hier *„kommt Asterix, ein putziger Parson Russell, ganz groß raus. Der Tatort ist immer wieder Bad Godesberg..."*
Bonner General-Anzeiger
4.   Naschkatzen leben länger...
Anja — Eine fantastische Katzengeschichte

Auf der Suche nach der verlorenen Zeit erzählt Katze Anja aus ihrem Katzenalltag. Sie erobert die Herzen ihrer „Katzenmenschen", die mit ihr in einem rosa Haus wohnen. Plötzlich taucht ein naseweiser Streuner auf. Kater Max, ein Vagabund und Filou, ein kleiner Franzose! *„Bei Katzenfreunden klingt eine Saite an, wenn sie Anjas gefühlvoll geschilderte Abenteuer lesen."*
Bonner General-Anzeiger

5. **Balsamico**
   Katze Anjas heimliche Liebe
Max ist gegangen. Samtpfote Anja sitzt am Fenster im rosa Haus am Park und träumt. Wird die süße Naschkatze sich noch einmal verlieben? Da taucht Balsamico auf, ein Halbitaliener mit großer Sehnsucht nach Italien. Doch Balsamico hat ein dunkles Geheimnis... Mit schönen Farbfotos. Eine Liebeserklärung an eine Katze!   *„Italo-Lover mit Schnurrbarthaaren*
Die Übersetzerin und Autorin Marlis Hornig legt eine vergnügliche Katzengeschichte vor. Diese Geschichte ist das zweite literarische Denkmal, das die ‚tierische' Bonner Autorin ihrer im Mai 2004 verstorbenen Katze Anja setzt." **Bonner Rundschau**

6. **Verliebt in Greetsiel**
   Ein Nordsee-Roman
LIEBE, OSTFRIESENTEE, KRABBEN, WEITE UND NORDSEE
Eigentlich wollten die drei Bonnerinnen nach Mallorca fliegen. Doch dann kommt alles anders, als geplant. Sophie, Singel, 30 Jahre jung, und Marietta, geschieden, allein erziehende Mutter, 40 Jahre, und Odile, ihre Tochter, 15 Jahre, landen mit Parson Russell Hündin Jani in Greetsiel. Eine Ferienwohnung direkt am Krabbenkutter-Hafen. Eine Bank — zwei Krabbenbrötchen — ein Foto. Spaziergänge durch Greetsiel, ein Tag auf Juist, ein Tag und eine Nacht auf Langeoog, ein paar Stunden auf Norderney, eine Nacht im Heu. Sie verlieben sich in Greetsiel und nicht nur in Greetsiel...
„Der Roman ist eine Liebeserklärung an das romantische Fischerdorf Greetsiel und an die Nordseeinseln mit einer zarten und zugleich leidenschaftlichen Liebesgeschichte."
Bonner General-Anzeiger

„Ein detailverliebter Wellengang in und um die schöne Nordsee. Wie ein warmer Sommermorgen bis zum furiösen Endpunkt!"
Eine Leserin   94

7. Die Tage in Greetsiel (oder Sommerwein)

NORDSEEKRABBEN – WIND – WEITE – MEER

Felicitas fährt mit ihrer Tochter Julis und ihrem Parson Russell Terrier Felix nach Greetsiel an der Nordseeküste, um sich zu entspannen und über ihr Leben, ihre Ehe und ihren Beruf nachzudenken.

Da entdeckt Felicitas am Hafen den Mann, den sie vor vielen, vielen Jahren einmal an der italienischen Blumenriviera geliebt hat: Katastrophe!

Eine Liebeserklärung an Greetsiel und an die Insel Norderney.

„Wie ein warmer Sommermorgen bis zum furiosen Endpunkt!" - Rezension einer Leserin

Mehr zu den Büchern der Autorin:

www.marlishornig.beepworld.de — Autorenwebseite
facebook: Herzbücher

Webseite der Ferienwohnungen:

Wolkenlos Wolke 7 in Großenbrode:
www.ostsee-loft-Wolkenlos-Wolke7.beepworld.de
facebook: ferienwohnung-Großenbrode Wolkenlos Wolke 7
ostsee-loft-wolkenlos-wolke7
www.traum-ferienwohnungen.de 141195

www.skipperasterix.beepworld.de – jetzt renoviert, neu gestaltet - viel Weiß.
facebook: ferienwohnung-greetsiel Skipper Asterix

www.traum-ferienwohnungen.de 141195
www.traum-ferienwohnungen.de Skipper Asterix

Die Autorin

Nach dem Abitur auf dem Goethe-Gymnasium in Berlin-Lichterfelde studierte Marlis E. Hornig Französisch und Spanisch an der Johannes Gutenberg-Universität zu Mainz, Fachbereich Moderne Sprachen, Sachfach Volkswirtschaft in Germersheim.

Im Studium und im Beruf entdeckte Marlis E. Hornig, geborene Welski, Diplom-Dolmetscherin/Übersetzerin und Autorin, ihre Liebe zur Sprache.

Lesen – Schreiben – Malen : ihre Leidenschaften.

Die Autorin ist verheiratet und hat einen Sohn sowie zwei Enkel.
Sie fährt gerne mit ihrem Mann und ihrem Parson Russell Terrier Asterix an die Nord- und Ostsee.

Zum Buch

Dieser Roman spielt in dem romantischen Ferienort Großenbrode an der wunderschönen Ostsee.

Die Protagonisten besuchen die Ferieninsel Fehmarn, die Hafenstadt Heiligenhafen und Lübeck, die bekannte Hansestadt.

Liebe Leserinnen und liebe Leser,

lassen Sie sich verzaubern und an Plätze entführen, die es wirklich gibt oder an solche, die meiner Phantasie entsprungen sind.

Genießen Sie den literarischen Spaziergang am herrlichen Südstrand in Großenbrode und den wundervollen Blick auf das weite Meer, die

Ostsee

Marlis E. Hornig

97

Was ich noch sagen wollte...
Corona

Inzwischen hat der Corona-Virus die Welt überschwemmt und auch Deutschland eingeholt.

Merkwürdig ist, dass dadurch viele Wünsche und Forderungen der neuen Bewegung **Friday for Future** erfüllt zu sein scheinen.
In China, wo der Corona-Virus zum ersten Mal aufgetreten ist und sehr viele notwendige Maßnahmen ergriffen und auch eingehalten wurden, ist die Umwelt jetzt sauberer.

Die Kohlendioxyd- und die Stickstoffwerte sind deutlich gesunken, da der Auto- und Flugverkehr sowie die Industrieproduktion erheblich reduziert wurden.

Es geht also.

Wir haben noch eine Chance, unseren Lebensstil zu ändern und unseren Kindern und Enkeln eine saubere Umwelt zu hinterlassen!

Entschleunigung und Solidarität sind jetzt geboten!
Und Bescheidenheit.